Gabi Schnee

Einfallspinsel

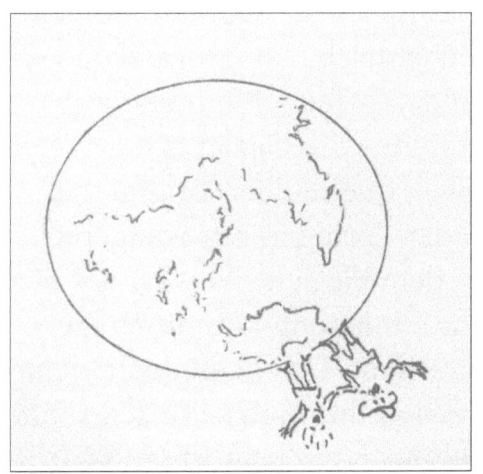

stehen Kopf

Geburtstagsschock

Wieder einmal steht mein Geburtstag plötzlich und unerwartet vor der Tür. Die Aufregung ist unerträglich. Ein mit viel Liebe beschriebener Briefumschlag liegt auf meinem Küchentisch. Mit zitternden Händen öffne ich ihn und mir entgleiten die Gesichtszüge. Meine Augen quellen hervor und die Tränen springen mir waagerecht aus dem Gesicht. Was ist das bloß? Eine Einladung kommt an das Tageslicht. Das kann doch nicht wirklich für mich sein! Jetzt fallen auch noch ein paar Flugtickets aus dem besagten Umschlag. Wo soll es denn hingehen? Australien nennt sich der Bestimmungsort. Unglaublich, das ist doch auf der anderen Seite unseres Planeten, oder? Schnell laufe ich in das Kaminzimmer um mir einen Globus zu holen. Tatsächlich, Australien liegt auf der anderen Seite der Erde. Da werden wir wohl mit dem Kopf nach unten hängen, machen also „Urlaub Kopf über". Mir ist jetzt schon schwindlig und die Sprache hat es mir ebenfalls verschlagen. Wenn jetzt mein Mann hier wäre, würde er diesen Zustand genießen. Er kennt es nicht wirklich, dass es mir die Sprache verschlägt. Normalerweise, wenn wir uns angeregt unterhalten, ist er bei dem Wort „wir" nicht dabei. Die meiste Zeit erzähle ich, viel und lange. Jetzt fällt mir auch noch das Flugdatum ins Auge, ich kann es nicht glauben, das ist ja schon kommendes Wochenende! Mein Organisationstalent ist gefragt. Ich habe wie immer nichts anzuziehen und an Schuhen fehlt es mir auch. Ein mir gut bekanntes Gefühl macht sich breit, es heißt „Unruhe". Schließlich läuft mir die Zeit in vollen Zügen davon. Da höre ich das Schloss in die Tür fallen und stürze sofort los, um meinen Mann in die Arme zu nehmen und ihn ganz fest zu umarmen. Schon höre ich ein Stöhnen. Was ist los? Mein Mann ringt nach Luft und versucht sich krampfhaft aus meinen Fängen zu befreien. Er haucht die Worte:

„Was ist denn mit Dir los?"

Es sprudelt aus mir heraus: „Ich habe doch Geburtstag und mein Geschenk ist mir auch schon in die Hände gefallen, einfach so." Bin sehr froh, dass es mir wieder besser geht und ich den positiven Schock ein wenig überwunden hab. Jetzt nimmt mich mein Mann in die Arme und streichelt mich. Ich höre, wie er mir seine Gratulation ins Ohr flüstert und einen Hauch Liebe hinterher schiebt. Ich taumle vor Glück. Ich gebe mir Mühe, äußerst häuslich zu wirken. Ich koche uns schnell einen Kaffee und decke liebevoll den Tisch. Jetzt können wir über die geplante Reise sprechen und was alles vorzubereiten ist. Das würde mir jetzt keiner glauben, mein Mann kommt tatsächlich zu Wort und unterbreitet mir seine Vorstellungen. Ich bin begeistert, allerdings auch von mir. In den nächsten Tagen habe ich unendlich viel zu tun. Ich werde mir die Zeit nehmen, alles aufzulisten, was wir für die Reise benötigen. Stolz teile

ich meinem Mann mit, dass meine
Urlaubsliste in Deutsch und
Englisch von mir geschrieben
wird. Sein Gesicht verzieht sich
und der Mund bleibt doch
tatsächlich breit grinsend an seinen
Ohren hängen. Traut er mir das
jetzt nicht zu, oder warum dieses
Grinsen?! Ich werde ihm schon
zeigen, was Gabili kann. Nach
unserer leckeren Tasse Kaffee
schlägt mein Mann vor, etwas auf
unserer Sitzkuhle zu ruhen.
Normalerweise bekommt er für
diesen Vorschlag den Höchstpreis
von mir. Doch heute finde ich
keine Ruhe. Ich muss unbedingt
Inventur in meiner Garderobe
machen, oh sorry, von meinem
Schuhfach. Ganz zu schweigen
von der Mehrzahl. Ein Blick in
meinen Schrank genügt um
festzustellen, dass wenn ich hinein

rufe, doch glatt ein Echo erschallt. Das sind doch sicher alles sehr alte Sachen, die ich vor mir sehe. So was kann man doch nicht anziehen, oder? Oh Gott, was trägt man denn in Australien? Ich falle bestimmt auf. Die Australier werden sofort erkennen, dass ich ein Landei bin. Es wird immer schwieriger, wir haben September und in Australien ist jetzt Winter. Meine Freundin benötigt jetzt bestimmt Biberbettwäsche und das bei ca. 26°C. Jetzt verstehe ich gar nichts mehr. Langsam entschließe ich mich doch für Abruhen auf unserer Sitzkuhle, das kann ich wenigstens. Ich versuche die Augen zu schließen und stelle fest, dass mir tausend Gedanken durch den Kopf kreisen. Ist ja wohl verständlich, denn solch ein Geschenk habe ich noch nie bekommen. Noch nie war ich so weit von zu Hause weg. Die vielen Gedanken, das ständige Planen in den letzten 2 Stunden haben mich dann doch sehr müde gemacht. Ich genieße meine Geborgenheit und schlafe doch tatsächlich ein.

Als ich aufwache stelle mit Entsetzen fest, dass es schon dunkel ist. Vermutlich habe ich nicht nur geschlafen, sondern direkt im Koma gelegen. Ein vorsichtiger Blick in den Spiegel verrät mir, dass ich tatsächlich um ein Jahr gealtert bin. Es befinden sich ganz viele Falten auf meiner Schlafseite. Diese zu retuschieren würde viel Zeit und Mühe in Anspruch nehmen. Ich könnte ja versuchen, um Zeit zu sparen, nur die eine Gesichtshälfte zu renovieren. Das dürfte reichen,

denn die andere Seite geht ja noch.
Prompt lädt mich mein Mann noch
zu einem Abendessen ein. Nach
kurzer Überlegung verziehe ich
qualvoll das zerknitterte Gesicht
und lasse in aller Bescheidenheit
verlauten, dass ich auch mit Stulle
und Brot zufrieden bin. Er staunte
nicht schlecht, denn sonst bin ich
schon immer vor ihm bereit, auf
Achse zu gehen. Und erst recht,
wenn es ums Essen geht. Ich decke
den Tisch und schenke uns ein
Gläschen Wein ein. Jetzt freut auch
er sich auf einen ruhigen und
gemütlichen Abend mit mir, nur
wir beide. Doch ich habe ja
schließlich Geburtstag und ich
bekam noch sehr viele Anrufe und
Gratulationen. Ich muss feststellen,
dass der Abend nicht so ruhig
verläuft, wie vermutet. Jedem
Anrufer muss ich sofort von

meinem super Geschenk erzählen
und das braucht viel Zeit und
Worte. Ich stelle beschämend fest,
dass mein Mann schwindend
wenig heute von mir hat. Ich
werde mich bessern, versprochen.
Es tut mir auch wirklich leid, seine
Einladung zum Essen
ausgeschlagen zu haben, doch
nach dem Mammutschlaf habe ich
jegliche Motivation verloren und
kann doch bequem von zu Hause
aus meine guten Nachrichten in die
Welt posaunen. Toller Tag,
jedenfalls für mich. Bin froh, dass
mein Geburtstag mit ruhigem
Lümmeln auf dem Sofa dem Ende
zugeht. Soviel Aufregung hatte ich
ja das ganze Jahr nicht. In meiner
Nachtruhe werde ich versuchen
das riesen Geschenk erst einmal zu
verarbeiten und werfe mich gleich

morgen an die Vorbereitungen. Ich
bin so glücklich.

Vi Va Vorbereitung, Aufregung pur

Ich bin dabei, meine Urlaubsliste
für unser Gepäck zu schreiben.
Was darf in das Handgepäck und
was in den Reisekoffer? Gut, dass
es Google gibt. So kann ich mir
gleich noch offenstehende Fragen
beantworten lassen. Eigentlich bin
ich sehr zufrieden mit mir. Dieser
Zustand sollte sich jedoch schnell
ändern. Es sind Sachen aufgelistet,
die besitze ich noch gar nicht.
Schön, da habe ich doch sofort
einen triftigen Grund gefunden,
mal wieder shoppen zu gehen. Das
dürfte wohl auch mein Mann
verstehen, ein bisschen jedenfalls.
Die ganze Woche habe ich mit
Einkäufen der fehlenden Sachen
verbracht. Ich hoffe es handelt sich
heute um die letzte Besorgung,

denn morgen ist es schon so weit.
Sogleich versuche ich meine
Gesichtsstrukturen zu verbessern,
ziehe mich an und stakele mit
meinen Hackenschuhen in
Richtung Stadt. Sonst trifft man
viele Bekannte, aber wenn man
schon mal wen treffen will, dann
kommt keiner. Bevor ich mich auf
meinen Einkauf konzentriere, will
ich doch mein
Mitteilungsbedürfnis etwas
bändigen und jemandem erzählen,
was wir vorhaben. Stopp, es ist so
weit, mir kommt eine ehemalige
Schulkameradin entgegen. Ich hole
tief Luft und will gleich loslegen,
da grüßt sie mich und teilt kurz
mit, dass sie keine Zeit hätte.
Schon ist sie verschwunden. Hat
der Mensch noch Töne? Nein, ich
glaube nicht, denn auch ich habe
keine mehr. Fest in meinen

Gedanken vertieft, füllt sich wie
von Geisterhand mein
Einkaufskorb. An der Kasse
stehend prüfe ich nochmals den
Einkauf und kann es nicht fassen;
das soll ich alles hineingelegt
haben? Schon bezahle ich und
langsam kommt Freude in mir auf.
Ich habe mich tatsächlich in
großen Zügen belohnt. Nun trifft
mich die Gewissensfrage „wofür"?
Meine Gedanken fangen an zu
stolpern, aber ich war ja fleißig
und habe doch Listen auf Deutsch
und Englisch geschrieben. Diese
müssen ja auch korrekt sein, wenn
ich sie eventuell vorzeigen muss.
Außerdem möchte ich für meinen
Mann und meine Freunde schön
sein. So! Ein Geschenk habe ich
mir auch ausgedacht, damit unsere
Freunde einen kleinen Hauch von
Wärme aus ihrer Heimat erhalten.

Ich trudele nach Hause und freue mich riesig auf meinen Mann. Gleich werden ein paar Sachen ausgepackt und zur Begrüßung angezogen. Ihm soll der Atem stocken, wenn er mich so sieht. Schnell habe ich zwei Tassen Kaffee zusammen gerührt und warte voller Spannung. Ich schaue aus dem Fenster und sehe ihn kommen. Schnell noch einen Blick in den Spiegel riskieren, die drei Haare auf Scheitel legen und Pose einnehmen. Die Tür öffnet sich und er lächelt mich an. Ein Küsschen und dann der Satz: „Es riecht nach Kaffee, das ist aber schön." Kein Ton über mein neu gewonnenes Outfit. Na ja mal warten, vielleicht kommt es noch. Wir trinken gemütlich Kaffee und läuten den Urlaub ein. Die Woche ist wie im Fluge vergangen. Wir

wollen nachher gemeinsam die
Sachen packen und noch einmal
alles durchgehen, damit wir nichts
vergessen. Ich halte es nicht mehr
aus und frage ihn: „Fällt dir denn
gar nichts an mir auf?" Er sieht
mich an und sagt: „Warst wohl bei
der Kosmetik?" Jetzt bin ich
wirklich sauer und bemerke
garstig: „Du brauchst mich nicht
ansehen oder dich mit mir
unterhalten, das mache ich in
Kürze mit meinem
Kleiderschrank." Er sieht nach
unten und ich stelle ein
verschmitztes Grinsen fest. Er hat
es doch bemerkt und mich nur auf
die Folter gespannt, denn er kennt
mich genau. Nun bestätigt er mir,
dass ich wunderschön in der neuen
Kleidung aussehe. Mein Gedanke
war nur: „Geht doch!" Nun packen
wir gemeinsam die Koffer und

gehen nochmals alle Listen durch. Man, ist das aufregend. Selbst unser Abendessen fällt heute sehr knapp aus. Wir genehmigen uns noch einen Urlaubstrunk und gehen zeitnah ins Bett, denn morgen klingelt in aller Frühe der Wecker. Mal sehen, ob ich vor Aufregung überhaupt in den Schlaf komme. Gute Nacht. Good night. Das war nur schnell mal eine Probe, ich schlafe ja schon.

Reise, Reise

Der Morgen droht zu nahen. Habe doch tatsächlich einen Dämmerzustand erreichen können. Ich versuche, ein Auge aufzuknöpfen und schiele schräg auf meinen Wecker. Mich trifft der Schlag, wir müssen sofort aufstehen, der Wecker zeigt auf

5.00 Uhr! Jetzt öffnet sich auch mein anderes Auge und das sogar ganz von allein. Ich strecke die Beine in die Luft und hole Schwung. Zu doll, ich treffe den Schrank auf der gegenüberliegenden Seite. Jetzt weiß auch der, was die Stunde geschlagen hat. Nach unserer Morgentoilette treffen mein Mann und ich uns in der Küche zu einer Tasse Kaffee. Glücklich strahle ich ihn an, als würde ich ihn das erste Mal sehen. Die Aufregung verschlägt mich gleich wieder in unser Bad. Ich versuche nun, nach allen Regeln der Kunst, das Schönste aus mir heraus zu holen. Geschafft, jetzt bin ich die Nummer Eins, von vorn oder hinten erfasst man erst später. Schon klingelt es an der Tür. Ein Kollege meines Mannes holt uns

ab und chauffiert uns samt Gepäck
zum Bahnhof. Dort werden wir
abgeladen und steppen sofort zum
Zug. Dieser rollt auch sofort los
und wir treffen in kürzester Zeit in
Berlin ein. Der Flughafen ist sehr
groß, dafür aber übersichtlich. Wir
finden auch gleich den richtigen
Tower und warten auf unser
Flugzeug. Es geht los. Eine
Ansammlung von Menschen
schiebt uns über eine Art Brücke,
das nennt sich wohl Gangway, in
das Flugzeug. Wir werden herzlich
begrüßt und nehmen im mittleren
Teil des Flugzeuges Platz. Nach
Ansage schnallen wir uns an und
halten uns ganz doll aneinander
fest. Das Flugzeug rollt los und es
drückt uns in die Rückenlehne. Wir
haben den Luftraum erreicht und
dürfen uns wieder von den Gurten
befreien. Liebevoll küsse ich

meinen Mann, denn wir haben es
schon mal nach oben geschafft.
Langsam stellt sich innere Ruhe
ein. Bald falle ich in einen
Tiefschlaf. Habe ja genug
nachzuholen. Um 19.57 Uhr
Ortszeit (unsere Zeit: 17.57 Uhr).
erreichen wir Abu Dhabi. Wir
schrauben uns von den Plätzen und
taumeln den anderen zur
Gangway hinterher. Plötzlich sind
wir wie benommen und fragen
uns: „Warum wird die Gangway
nur so beheizt?" Als wir sie
verlassen, stellen wir fest, dass das
keine Heizung ist, sondern die
Außentemperatur von Abu Dhabi.
Das Thermometer zeigt 38°. Das
ist der Hammer, so was haben wir
ja noch nie erlebt, schon gar nicht
um diese Zeit. Putzmunter irren
wir jetzt über den riesigen
Flughafen und kommen uns ganz

schön verlassen vor. Es ist einfach überwältigend. Bin so froh, meinen Mann bei mir zu haben, denn er wird mich zum nächsten Flugzeug führen. Das erzähl ich ja keinem. Tatsächlich finden wir nach einem zeitlich und körperlich gefühlten Langstreckenlauf den Tower und warten erneut auf Dinge, die da noch kommen. Schnell ein paar Beweisfotos schießen. Es geht weiter, wir schieben uns wieder gemeinsam mit der Menschenmasse in ein riesen großes Flugzeug, Boeing genannt. Wir haben sogar Fensterplätze erwischt, toll. Schon halten wir uns wieder die Hände und wünschen einen guten Flug. Es ist jetzt 22.30 Uhr und morgen, so Gott will, werden wir gegen 18.00 Uhr Brisbane in Australien erreichen. Bei diesem Flug handelt es sich nicht um einen lächerlichen Langstreckenlauf, es ist ein Marathon. Ich habe Schwierigkeiten auf Toilette zu gehen und dehne mich stark aus. In kürzester Zeit habe ich die nächste Kleidergröße erreicht. Essen und Trinken ist anders als erwartet, wirklich sehr gut. Irgendwann haben wir wieder geschlafen, dann gegessen, ich weiß gar nicht mehr was los ist. Die acht Stunden Zeitverschiebung machen sich doch irgendwie bemerkbar. Ich habe gelernt, viele Computerspiele zu spielen und bin jetzt auf dem neusten Stand der Filmbranche. Der Fensterplatz hat uns nicht wirklich genutzt, denn ich hatte das Gefühl, nur nachts zu fliegen. Nein, das glaube ich jetzt nicht, wir setzen tatsächlich zur Landung an, dass ich das noch erleben darf.

Mein ausgedehnter Körper rollt
langsam zum Ausgang des
Flugzeuges. Mit Entsetzen fliegen
meine Augen über den von
Menschen hinterlassenen Müll. Er
wird einfach auf den Plätzen und
im Gang des Flugzeuges
zurückgelassen. Warum ist das so?
Die Frage trage ich quälend mit
mir herum. Tatsächlich sind wir
um 18.00 Uhr Ortszeit (10.00 Uhr
unsere Zeit) in Brisbane gelandet.
Im Flughafen angekommen holen
wir unser Gepäck und kramen
unsere Winkelemente aus der
Tasche. Mit kleinen
Deutschlandfähnchen in den
Händen taumeln wir in das
Flughafenportal. Als wir unsere
Freunde entdecken, wedeln wir
fleißig mit unseren Fähnchen und
rufen laut durch die Halle: „Liebe
Grüße from Germany." Super, der

erste Schritt ist getan und die Sprachbarriere ist gebrochen. Ich habe tatsächlich zwei Worte auf Englisch in den Raum geworfen. Ein bisschen stolz bin ich schon. Wir liegen uns in den Armen und lassen den Tränen freien Lauf. Wir werden in ein tolles Auto platziert und fahren zu unseren Freunden nach Hause. Die Fahrt dauert nur eine Stunde, Merrimac liegt ca. 80 km vom Flughafen entfernt. Das tut uns nun auch nicht mehr weh. In Merrimac angekommen, führen uns unsere Freunde in ihr Haus und wir dürfen auch gleich ein sehr schönes Gästezimmer mit Bad in Beschlag nehmen. Nachdem wir uns Jahre nicht gesehen haben, sind wir vier sind so glücklich!. Oh, Entschuldigung, alle fünf Hund Timmi nicht zu vergessen. Der Abend gestaltet sich sehr

schön. Wir haben viel zu erzählen
und planen auch gleich die
kommenden Tage. Wir sind sehr
dankbar einen kleinen Teil auf der
anderen Seite der Welt erkunden
zu dürfen.

Los geht´s, Zauberwort „Urlaub"

Es geht doch nichts über ein gutes Frühstück und schon gar nicht über ein gemeinsames Frühstück. Frisch gepresster Gemüsesaft, super frisches Obst, Joghurt und vieles mehr decken den liebevoll vorbereiteten Tisch. Gleich am ersten Tag nehmen wir uns vor, diese Frühstücksversion mit frischem Obst mit nach Hause zu nehmen. Was von den vielen guten Vorsätzen bleibt, wird sich zeigen. Heute ist geplant, das Umfeld etwas kennen zu lernen und ein paar wichtige Erledigungen zu treffen. Wir brechen auch gleich nach dem Frühstück auf. Meine Freundin platziert uns in ihrem Auto und es geht los. Es ist helllichter Tag, die Sonne scheint

und ich stelle mit Entsetzen fest,
dass wir auf der falschen
Straßenseite fahren. Für uns
falsche Seite. Gestern Abend im
Dunkeln habe ich diese Sache gar
nicht mehr wahrgenommen. Halt,
sie fährt links in den Kreisverkehr,
mir stockt der Atem! Ich hätte fast
vor Angst in die Lehne gebissen.
Auch nach längerer Fahrzeit spielt
mein Gehirn noch nicht mit und
das hat bestimmt nichts mit meiner
blonden Haarfarbe zu tun. Wir
erreichen Robina und stellen am
Town Centre das Auto ab. Leicht
wacklig, aber dennoch erleichtert
verlasse ich das Auto. Es ist ein
sehr schöner, riesiger
Einkaufsmarkt. Mein
Orientierungssinn liegt mal wieder
im Kopf meines Mannes und in
den Händen meiner Freundin. Ich
fühle mich gut aufgehoben. Wir

betreten ein Geschäft für den Verkauf von Telefonen und Handy ´s. Ich erhalte eine neue Sim Karte und kann damit ab sofort preiswert mit meiner Familie und meinen Freunden in Deutschland kommunizieren. Als nächstes kaufen wir eine Go Card, mit dieser Card können wir Bus, Zug und Straßenbahn fahren. Das Prinzip ist simpel und sogar für mich unkompliziert und verständlich. In jedem Fahrzeug befindet sich ein Scanner. Du hältst nach dem Einsteigen in das jeweilige Fahrzeug die Karte an den Scanner, es macht kurz „piep" und erledigt. Die Karte ist aktiviert. Beim Verlassen des Fahrzeuges, dasselbe noch mal, „piep", der aufgeladene Betrag auf der Karte hat sich um den Betrag für die Fahrt verringert. Auf jedem

Bahnsteig und in jedem Centre
kann man dann die Karte wieder
aufladen, toll. Wir verlassen das
Einkaufszentrum und fahren nun
weiter nach Mudgeeraba. Der erste
Blick fällt auf eine Gaststätte,
welche mich an meine Kindheit
erinnert. Als Kinder haben wir oft
und gerne Western gesehen. An
eine Serie erinnere ich mich jetzt
genau, sie hieß „Rauchende Colts"
und ein betrunkener Cowboy
namens „Festus" kommt mir
ausgerechnet heute und hier in den
Kopf, warum nur? Ah, jetzt weiß
ich genau, die Gaststätte sieht aus
wie ein Saloon, mit einer
pendelnden Eingangstür, einfach
toll. Viele Häuser stehen auf
Stelzen und ziehen meine
Aufmerksamkeit sofort auf sich.
Ich bin total begeistert. Um einen
wunderschönen, mit den tollsten

Gewächsen umrankten Platz, sind
Einkaufsmärkte zu finden. Unter
einer Palme nehmen wir dann
Platz und bestellen uns ein
Getränk. Jetzt kann ich meiner
Bewunderung freien Lauf lassen
und muss mich natürlich trotzdem
zusammenreißen, damit mein
Mann mich nicht Wunderblüte
nennt. Das finde ich nämlich nicht
so gut. In mir wächst das Gefühl,
hier fast allein zu sein. Plötzlich
sehe ich was glänzen, Frau Elster
sieht alles. Es ist ein
Neuseeländischer Cent, ich hechte
sofort auf dieses Schmuckstück zu
und ernenne es zu unserem neuen
Glücksbringer. Fröhlich
durchlaufen wir diesen kleinen
sehenswerten Ort und entdecken
doch tatsächlich einen „Aldi". Ein
Stück Heimat bewegt sich auf uns
zu. Auf den Stromleitungen

entdecken wir Kakadus. Also bei
uns sitzen dort allenfalls Krähen
oder Amseln und unterhalten sich
lautstark. Aber das Beste sollen wir
am anderen Morgen erleben. So
gegen 5.00 Uhr in der Frühe pfeift
es unter unserem Fenster und
anschließend ein lautes Lachen.
Was ist das nur, wir müssen sofort
mit lachen. Das ist mir zuhause
noch nie passiert, schon gar nicht
um diese unchristliche Zeit. Wir
schauen wie zwei kleine Kinder
verstohlen aus dem Fester und
suchen krampfhaft den Typ, der
sich traut unter unserem Fester so
herzhaft zu lachen. Es ist niemand
zu sehen. Auf einem Baum
entdecken wir einen plüschigen
weißen Vogel, schön sieht er aus.
Wir ignorieren ihn. Doch dann will
er es uns zeigen. Von wegen
einfach ignorieren. Er fängt ganz

laut an zu pfeifen und verfällt wieder in ein herzhaftes Lachen. Was ist das bloß? So etwas haben wir noch nie gesehen und befürchten schon, unter Halluzinationen zu leiden. Wir begründen diese mit der Zeitumstellung. Schnell toben wir durch das Haus um noch unsere Freunde zu erreichen, denn wir müssen ihnen unbedingt von unserem Erlebnis erzählen. Hoffentlich denken sie nicht auch, dass wir geistig aus dem Gefüge geraten sind. Aber sie können uns beruhigen, denn es handelt sich hier um einen heimischen Vogel, genannt Kukubarra. Man nennt ihn auch den „lachenden Hans". Das beruhigt uns jetzt aber sehr und wir freuen uns schon auf die nächste Begegnung mit ihm. Nach einem opulenten Frühstück

brechen wir auf nach „Surfer
Paradise". Schon die Fahrt dorthin
ist für uns wieder Aufregung pur.
Vor einem riesigen Hochhaus
bleiben wir stehen und steigen aus
dem Auto. Langsam schaue ich mir
das Haus von unten bis oben an.
So etwas habe ich noch nicht
gesehen und wieder einmal
komme ich mir vor, wie ein
Landei. Dieses Haus ist das
höchste Wohnhaus der Welt, wohl
gemerkt Wohnhaus. Es gibt
natürlich viel höhere Häuser, aber
in denen befinden sich dann viele
Gewerke und Büros. Wir gehen in
einen Fahrstuhl, drücken auf den
Knopf und sind doch tatsächlich in
46 Sekunden auf der
Aussichtsplattform angelangt. Am
liebsten würde ich jetzt übertreiben
und sagen wir wären in
Schallgeschwindigkeit dort

angelangt. Vermutlich trage ich
solche Gedanken, weil ich so
etwas noch nicht erlebt habe.
Dieses Wohnhaus trägt den Namen
„Q 1" oder „Q one". Unglaublich,
was die Aussicht uns für Freude
und Glücksgefühle bereitet. Wir
erkennen die Weitläufigkeit des
Landes. Die Natur trägt alle
vorstellbaren Facetten. Der Pazifik
liegt uns zu Füßen und ich
bekomme Gänsehaut. Der
Gedanke, einmal in ihm baden zu
dürfen lässt mich erschauern. Viele
Kanäle sind durch das Land
gezogen, so dass jeder das Glück
am Wasser genießen kann. Ich
muss mich kneifen, damit ich
merke, dass ich mich nicht in
einem Traum befinde.

Nun verlassen wir das Hochhaus und fahren mit dem Zug nach Broadbeach und laufen gemütlich den gesamten Long Way über das Convention Centre. Am Strand von Surfer Paradise steht ein wohl geformtes Tor aus Metall mit der Aufschrift „Surfer Paradise". Jeder Touri, also auch wir, lässt sich unter diesem Tor fotografieren.

Wir haben das Gefühl, durch das Eingangstor von Surfer Paradise zu gehen und fühlen uns auch so. Mit diesem Bild gehen wir nun glücklich in die Geschichte ein. Natürlich nur in die Familiengeschichte. Es ist unglaublich, die vielen Eindrücke, die wir bekommen und mit uns nehmen. Am Ende des Tages müssen wir das Erlebte bestimmt erst mal sortieren und festigen, um es verarbeiten und mit nach Hause nehmen zu können. Wir kommen jetzt am Casino an. Neugierig gehen wir hinein und sind total geblendet von den vielen flimmernden Lichtern und bunten Spielautomaten. Es ist riesig groß und auch sehr gut besucht. Ich staune doch sehr, wie viele Menschen Interesse am Glücksspiel haben. Noch mehr

erstaunt mich die verhältnismäßig
frühe Zeit. Mir würde es nie
einfallen, bei dem schönen Wetter
im Casino zu sitzen. Vermutlich
habe ich vergessen, dass hier
immer die Sonne scheint, es nur
wenige Regentage gibt und diese
auch noch herrlich warm sind.
Anschließend fahren wir mit der
Hochbahn zu „English high train".
Ich bin begeistert von mir, ein paar
englische Brocken sind schon
hängen geblieben. Also mit der
„mono trail" über den Highway
und direkt durch das
Einkaufszentrum und dann zurück
zum Casino. Die Bahn hält und die
Tür öffnet sich. Aussteigen nicht
möglich, denn er hat die Bahn
direkt vor einem dicken Feiler
geparkt. Wir staunen nicht
schlecht. Dann hören wir in einem
Lautsprecher „upps" und die Bahn

parkt ein kleines Stück weiter, so dass wir uns jetzt bequem heraus schlängeln können. Wie unkompliziert hier alles ist. Ohne großes Aufheben, einfach mit dem Wort „upps" wird korrigiert und alles ist schick. Spitze, was man hier erleben kann. Die Mentalität der Menschen ist göttlich. Wir wandern jetzt, den Kopf voll von Eindrücken, zum Bus und bemerken erst während der Fahrt, dass dies der falsche ist. Ein großes Glück für uns, denn wir sehen jetzt noch mehr von der Welt. In Robina Station steigen wir aus und rufen unseren Freund an, welcher jetzt die verloren gegangenen Landeier einsammeln muss. Mir fallen viele Blumen auf, welche bei uns doch richtig Geld kosten. Die stehen hier einfach nur rum und ich nehme mir aus der

Fremde Bilder von diesen
Gewächsen mit. Im Volksmund
heißen diese „Papageienblumen"
bei uns. Wir werden abgeholt, dass
klappt ja super. Wir nehmen uns
für den kommenden Tag einen
Erholungstag vor. Das gelingt uns
auch fast. Wir aalen uns am Strand
und gehen das erste Mal im Pazifik
baden. Es ist ein unglaubliches
Gefühl. Riesen Wellen werfen uns
schon nach ein paar Schritten um.
Wir stellen fest, dass schwimmen
hier wohl nicht möglich ist. Wir
haben eine salzige Kruste am
Körper und gehen erst mal
duschen. Uns kommt schon wieder
der Gedanke, noch viel sehen zu
müssen, denn wir haben ja nur
knappe drei Wochen Zeit. So
bummeln wir durch die Straßen
und erfreuen uns immer wieder an
den schönen Pflanzen und Palmen.

Ich sage mir immer wieder, dass
wir Winter haben und kann es
nicht wirklich glauben. Mein
Mann hat die seltene Idee, mal ein
australisches Einkaufszentrum von
innen zu sehen. Dieser Gedanke
sollte ihm nicht wirklich gut tun.
Er stellt bald fest, dass es besser
gewesen wäre, den Gedanken zu
verwerfen. Schmuck, Kosmetik,
Technik, ein breit gefächertes
Programm und er hält mich fest an
der Hand. Jetzt kommt's, schicke
Kleider und T´Shirts, mein Laden.
Fluchs bin ich verschwunden und
kann meinen Mann vor der
Schaufensterscheibe mit einem
tragisch, gelangweilten Gesicht
erkennen. Ich habe viel Spaß und
kaufe mir ein paar schicke Sachen.
Als ich aus dem Geschäft komme
sagt mein Mann: „Ich hätte mir
heute für dich keine Uhr

mitbringen sollen, ein Kalender wäre besser gewesen". Ich schaue ihn forschend an und äußere: „Dafür siehst du aber noch sehr frisch aus, kein bisschen vertrocknet oder mumifiziert". Dann zeige ich ihm schnell ein Shirt und sage: „Schau mal, typisch australisch."

Er sieht auf mein Shirt und entdeckt die Elefanten und fragt mich breit grinsend: „Hast du in Australien schon mal Elefanten gesehen?" Dann fällt auch mir auf, dass das Motiv doch eher nach Afrika gehört. Verlegen drehe ich mich um und versuche, ihn zu ignorieren. Es gelingt mir, wenn auch nur für ein paar Sekunden. Als wir das Zentrum verlassen, müssen wir feststellen, dass es schon dunkelt. Wir haben vergessen, dass es hier schon 18.00 Uhr dunkel wird und müssen zusehen, dass wir so schnell wie möglich nach Hause finden.

Der Traum Brisbane

Nun sind wir ja schon ziemlich versiert, glauben wir jedenfalls. Wir springen in den Zug und machen uns neugierig auf den Weg nach Brisbane. Die Fahrt ist super schön. Wir entdecken Landstriche,

welche wir auch nur aus dem Zug
erblicken können. In kürzester Zeit
erreichen wir unser Ziel und mir
fällt die Kinnlade nach unten. Es
ist sehr schwer, diese wieder in die
gewohnte Stellung zu bringen.
Solche Hochhäuser habe ich ja
noch nie gesehen. Auch die alt
hergebrachten Villen und Kirchen
wurden schön in das Gesamtbild
integriert. Normalerweise sind
diese herrlichen Prunkbauten
schon sehr groß, aber hier wirken
sie klein und niedlich. Zwei Dinge
haben wir ins Auge gefasst, eine
Runde mit dem Riesenrad oder
eine Bootstour. Wir entschließen
uns für eine River Tour. Schon hält
ein Ausflugsboot mit Plätzen für
ca. 25 Personen. Ich schieße nach
vorn, um die besten Plätze zu
ergattern. Plumps, da sitzt sie
schon, das Landei auf dem River

in Brisbane. Wir fahren los und ich
bin überwältigt von der Schönheit
der Natur und der fantastischen
Bebauung entlang des Flusses. Mir
kommen die Tränen und ich bin
glücklich und dankbar, dieses alles
einmal sehen zu dürfen. Entsetzt
fällt mir ein älterer Herr auf, der
doch tatsächlich eingeschlafen ist.
Das geht doch nicht, man kann
doch so ein Erlebnis nicht
verschlafen. Er sollte sich lieber
hinter einen Zapfhahn stellen und
blasenfrei Cola zapfen, da würde
er nicht so schnell einschlafen. Ja
egal, vielleicht ist er die Runde
schon oft gefahren und genießt
einfach nur die Ruhe. Wir legen
schon wieder an, das glaube ich
jetzt nicht. Die Zeit verging wie im
Fluge. Ganz nebenbei habe ich mir
auch noch Gedanken um einen
schlafenden, älteren Herrn

gemacht, völlig unklar. Wir haben
so viele Fotos gemacht, dass der
Fotoapparat qualmen muss. Mein
Schatz und ich schreiten die
Promenade entlang, über viele
Brücken und bilden uns ein, dass
wir im siebten Himmel schweben.
Die zeitig einsetzende Dämmerung
reißt uns aus unseren Träumen,
denn wir müssen noch im Hellen
die Bahn erreichen, um zurück zu
gelangen. Schnitt, die Klappe fällt.
Der Ausflug war toll und ist mal
wieder viel zu schnell Ende.
Trotzdem sind wir total lahm auf
den Beinen. Das geben wir aber
nicht zu. Bis wir unser Bett
erreichen, versuchen wir noch
förmlich zu schweben. Wir
tauschen noch lange unsere
Gedanken aus, denn der Kopf lässt
sich nicht so leicht abschalten.

Vom Flohmarkt bis zu Kapitän Cook

Geschlafen wie ein Murmeltier, frisch geduscht und gut gefrühstückt ziehen wir wieder ins Land. Eigentlich wollten wir heute einen Ruhigen machen, aber das wäre sträflich, wenn man einmal im Leben eine so kurze Zeit in einem so schönen Land verweilt. Gemütlich schlendern wir über einen der größten Märkte Queenslands den „Carrara Markets". Dieser Markt verfügt über ein breitgefächertes Sortiment. Angefangen von Lebensmitteln über Technik, Garderobe und vieles mehr. Schnell habe ich mich mal wieder mit Ketten und Ringen behängt. Ein Blick meines Mannes reicht aus, um mir die soeben erst

aufgetragenen Sachen in kürzester
Zeit wieder abzulegen. Ich habe
doch tatsächlich großzügig
verzichtet. Ja, das zeichnet mich
eben aus. Da, jetzt habe ich ihn
entdeckt, den Stand aller Stände.
Mein Mann versucht ihn
erfolgreich zu ignorieren. Mich
zieht er jedoch magisch an. Ich
versuche krampfhaft weg zu sehen.
Jetzt kann sich mein Kopf, ohne
jegliche Anstrengung und von ganz
alleine um 180 ° drehen und meine
Augen können den Stand auch
ohne Brille deutlich erfassen. In
Mitten von vielen steht sie, die
einzige, einmalige, wirklich
traumhafte Damenhandtasche. Ich
habe ja versucht einen Bogen zu
machen, aber dieser formt sich
automatisch in eine Gerade und
weist mir den kürzesten Weg zu.
Ich muss sie haben. Bin sogar

bereit, ein bis zwei Modelle dafür
zu entsorgen. Wenn auch nicht
hundertprozentig, aber der Wille
ist da. Ich zerre meinen Mann und
unseren Freund an diesen Stand
und schwärme lauthals von diesem
Exemplar. Es ist der Traum jeder
Frau, also auch meiner. Schnell
ziehe ich ein paar Dollar aus
meiner jetzt immer hässlicher
werdenden Tasche und bezahle das
Schmuckstück. Sie ist klein und
viereckig. In der Mitte hat sie
diesen unverwechselbaren
Verschluss. Er ist zum Drehen und
ähnelt einem Safe- Verschluss.
Schnell umarme ich meinen Mann
ganz fest und verteile gratis Küsse.
Er ringt mal wieder nach Luft und
ich kann erkennen, dass meine
Umarmung doch eher ein
Würgegriff ist. Plötzlich sagt er:
„Lass uns weiter gehen und vergiss

dein Baustellenradio nicht." Ich verstehe kein Wort. Jetzt verfolge ich seinen Blick und der bleibt doch tatsächlich auf meiner neuen Errungenschaft hängen. Böse zische ich ihn an: „Du meinst jetzt nicht meine schicke Tasche, oder?" Da erwidert unser Freund: „Das geht ja noch, ich dachte schon er meint dich." Eine Steigerung dieser Boshaftigkeiten ist gewiss nicht möglich. Ich wende mich ab und ziehe es vor, allein über den Markt zu schlendern. Statt meinen Mann, führe ich jetzt meine neue Tasche aus. Das hat er jetzt davon. Der Markt ist riesig und ich verliere langsam meinen Orientierungssinn. Ausgerechnet jetzt verlässt mich dieser so wichtige Sinn. Wo ist er bloß hin? Ich muss doch tatsächlich Ausschau nach meinem Mann

halten. Es widerstrebt mir sehr,
denn ich muss mir mal wieder
eingestehen, dass er mein
Orientierungssinn ist. Wenn wir
zum Essen in einer Gaststätte sind,
darf er nicht auf die Toilette gehen,
weil ich sonst nicht mehr weiß, wo
ich bin. Nein, so schlimm ist es
nun doch noch nicht. Aber
trotzdem, wo steckt er nur, er muss
uns doch auch vermissen. Da
stehen wir nun einsam und
verlassen, meine Tasche und ich.
Ein Lächeln zaubert sich in mein
Gesicht, denn ich habe ihn
entdeckt. Wie bekommt man nur
das Lächeln aus diesem Gesicht,
das ist ja furchtbar. Er muss ja
nicht gleich erkennen, dass ich
ohne ihn aufgeschmissen bin.
Meine Maske verzieht sich in
gelangweilt, trotzdem erkennt er
genau was mit mir ist. Meine

Augen haben mich verraten und
ihn angestrahlt. Hätte ich sie bloß
zu gemacht, dann wäre ich aber
vermutlich umgefallen. Wir ziehen
gemeinsam weiter und ich bin sehr
glücklich.

Unser lieber Freund verfrachtet
uns in sein Auto und wir lassen uns
überraschen wohin die Reise geht.
Jetzt teilt er uns endlich mit, dass
die Fahrt ins Hinterland und weiter
zum tropischen Regenwald geht.
Bin ich aufgeregt! Im Spiegel fällt

mir auf, dass meine Augen riesig
sind vor Neugier, also Augen wie
ein Reh. Schnell verwerfe ich
diesen Vergleich, denn ich habe
mal gehört, -ein Reh guckt nicht,
sondern ein Reh glotzt-. Bevor mir
so etwas mitgeteilt wird, versuche
ich normal zu erscheinen und bitte
doch frech um eine Tasse Kaffee.
Gesagt, getan, wir halten an und
kehren in eine kleine rustikale
Gaststätte ein. Ja, jetzt wird
bestellt. Prompt verlässt mich mein
Englisch und ich muss mich auf
den Geschmack meiner Freunde
verlassen. Kann nur hoffen, dass er
nicht fad ist. Es werden Scones
bestellt und auch gebracht. Für
mich sieht das ganze wie normale
Hörnchen oder Brötchen mit
Marmelade und Sahne aus.
Schmeckt super lecker,
glücklicherweise kein fader

Geschmack. Ab ins Auto und weiter. Nach geraumer Zeit halten wir an und parken ein. Jetzt wandern wir durch den Regenwald. Bin total beeindruckt. Was die Bäume doch für gigantische Wurzeln haben und die Äste sind teilweise verflochten. Von dem angenehmen, aber feuchten Geruch ganz zu schweigen. Die Krönung ist mal wieder die Tierwelt. Die Geräuschkulisse sauge ich förmlich in mich hinein. Es ist ein Pfeifen, Zirpen und Zwitschern, wie ich es noch nie gehört habe. Wann habe ich schon mal Baumwurzeln fotografiert, kann mich nicht erinnern. Mein Mann hätte an mir gezweifelt. Aber hier muss auch er eingestehen, dass eine Wurzel einen zauberhaften Eindruck machen kann und man sich wie in einem verwunschenen Märchen fühlt. Ein Leguan, genau vor mir, er sieht mich an und läuft nicht davon. Was für ein tolles Tier. Er tut fast gelangweilt und trabt dann langsam davon. Bei ihm habe ich schon mal kein Eindruck erweckt. Jetzt ein lauter Ruf: „Vorsicht, Schlange!" Da liegt sie nun das gefürchtete Wesen und schön sieht sie auch noch aus. Sie ist grün und trägt gestreift, total in der Mode. Wir schlendern langsam zurück und versuchen, so viele Eindrücke wie nur möglich mitzunehmen. Erstaunlich finde ich auch die langen und festen Lianen. Bei uns heißen so nur einige weibliche Wesen, also festhalten, Foto. Wir fahren am Tweed River entlang und sehen weite Zuckerrohrfelder, was ich bei uns mit den Maisfeldern vergleiche. Ab und an stehen am Straßenrand kleine Holzhütten und ich drängele, weil ich mir mal eine ansehen möchte. Wir halten an und erfahren, dass diese kleinen Holzhütten Farmern gehören. In diesen Hüttchen stehen kleine Bänke mit frischen Obst und Gemüse. Wo bezahlt man denn hier? Ich entdecke einen kleinen Behälter, dieser ist eine Kasse des Vertrauens. Tatsächlich liegen dort schon ein paar Dollar drin und auch wir legen was dazu und versorgen uns mit frischem Obst. Plötzlich rieche ich den Ozean. Wir haben einen Aussichtspunkt mit einem großen Adler entdeckt und sind in Coolangatta. Wir stehen vor dem „Point Danger Memorial of Captain Cook." Mich haut es fast aus dem Latschen. Hier ist also Captain Cook gelandet und jetzt Gabili. Das ist der Hammer so zu sagen. Ich lass es mir noch einmal auf der Zunge zergehen

Captain Cook und Gabili

Jetzt fühle ich, wie ich mich
langsam wieder in ein Kleinkind
verwandele. Ich höre mich sagen:
„Gehen wir jetzt nach Hause?"
Alle schauen mich entsetzt an und
ich versuche mich krampfhaft zu
rechtfertigen. Der Tag war sehr
lang, wir hatten unendlich viele
Eindrücke, fußlahm bin ich auch
und des Weiteren muss ich den Tag
erst einmal verarbeiten und in
meinem Gehirn speichern. Meine
Lieben schieben mich doch
tatsächlich in das Auto und starten.
Um der Kleinen, weil sie doch so
lieb war, eine letzte kleine Freude
an diesem Tag zu bereiten, fahren
wir nach Currambine. Wir stolpern
zuerst über einen Leguan, welcher
sich natürlich mitten auf dem Weg
ausruhen muss. Dem geht es
vermutlich wie mir, er hat
selbstverständlich alle meine

Sympathien. Ich schleiche in die große Bienenwabe und entdecke unendlich viele Sorten Honig. Es geht los, man kann alle Sorten probieren. Dort liegen kleine Spatel bereit und Gabili gönnt sich eine Probe nach der anderen. Ich fühle schon, wie sich mein Magen leicht zusammen zieht und meine Augen sich automatisch verdrehen. Ich Gierhals, es sollte doch nur eine Probe sein und nicht gleich ein ganzer Eimer. Mein Mann steht mit einem breiten Grinsen vor mir und tönt: „Oh lecker, mir geht es gut." Ich versuche ihn zu ignorieren und begebe mich nach draußen zu meinem Freund, dem Leguan. Aber dieser hat die Flucht ergriffen. Vielleicht hat er mich beobachte und dann das Laufen bekommen. Auf so eine Freundschaft wolle er gern

verzichten. Langsam tue ich mir
sehr leid. Arme Gabili. Ich habe
mal wieder den 1. Platz unter den
bemitleidenswertesten Menschen
eingenommen. Meine Freunde
sammeln mich jetzt endlich ein
und stopfen mich nach einer
Katzenwäsche auch gleich ins
Bett. Voll schön, wenn es doch
bloß immer so wäre.

**Vom deutschen Club bis zum
Versace**

Mount Tamborine ist angesagt.
Fragt nicht, habe gerade meine
Englischkenntnisse begraben.
Schon stehen wir in einem
Kuckucksuhrenmuseum und es
macht sich in mir ein wenig
Heimweh breit. Kuckucksuhren
gibt es in unserem herrlichen
Thüringen und auch der Harz kann

mit einem Museum aufwarten.
Schon verschwinden die
Gedanken, denn es wäre beinahe
ein Kuckuck in meinem Gesicht
gelandet. Prompt ruft mein Mund
zurück „kuckuck". Verstohlen
sehe ich mich um, aber es hat
keiner bemerkt, dass ich kurz in
die Tierwelt abgetaucht bin. Kann
ja froh sein, dass ich nicht geblökt
habe. Unsere Tour geht weiter und
wir landen in Sanctuary Cove.
Dort ist ein traumhafter Hafen mit
Hotels. Hier wohnen die Reichen
und Schönen, wie man so sagt und
jetzt fährt Gabili hier entlang. Der
Hammer! Wir sehen uns den Hafen
Marina Mirage an. Hier stehen
Boote, eigentlich eher Schiffe,
welche ich gar nicht auf ein Foto
bekomme. Diese Größenordnung
ist mein Fotoapparat nicht
gewohnt. Wir schlendern doch

tatsächlich in ein Versace-Hotel in Mainbeach. Das ist ein Traum von Schönheit in jedem Detail. Wir werden zum high tea eingeladen. Hierbei handelt es sich um eine Etagere, auf welcher verschiedene Leckereien liegen und dazu eine Tasse Tee. Es hat absolute Etikette. Über alle Maße hinaus beeindruckt verlassen wir das Hotel und sind total glücklich. Leise flüstere ich meinem Mann zu: „Das würde uns auch prächtig stehen." Ein Lächeln und eine liebevolle Umarmung kommt zurück, das ist mein Reichtum. Danke!

Es ist der 06. August und ich erfahre, dass wir zurück nach Merrimac fahren und uns dort mit zwei Familien zum Essen treffen. Ach du Gott, hoffentlich verstehe ich ein wenig, nicht dass ich die

ganze Zeit nur so tun muss als ob,
um einen guten Eindruck zu
hinterlasse. Das glaube ich jetzt
nicht, wir betreten einen deutschen
Club, in dem eine polnische Band
deutsche Lieder spielt. Bin total
beeindruckt. Die Speisekarte
landet soeben auf unserem Tisch
und es wird noch besser. Es gibt
Kartoffelsalat und Bockwurst oder
Schnitzel. Da weiß ich doch sofort,
was ich essen werde. Plötzlich
bekomme ich einen Ruck. Ich habe
mich erschrocken und werde auch
gleich einem älteren Ehepaar und
der dazu gehörenden Tochter mit
Ehemann vorgestellt. Eine
Begrüßung sprudelt nicht gerade
fließend aus mir heraus. Jetzt
kommt´s, das ältere Ehepaar
spricht deutsch, ich bin hoch
beeindruckt. Nun fehlen auch mir
die Worte nicht mehr. Die Musik

setzt ein und es begeben sich doch
gleich mehrere Pärchen auf sie
Tanzfläche und legen salopp eine
flotte Sohle hin. Es herrscht eine
coole Stimmung und das Essen
schmeckt auch. Ich beobachte und
denke, dass die Menschen hier
einfach lockerer sind. Bei uns habe
ich immer das Gefühl, alle müssen
erst angeschoben werden. Wir
machen viele Bilder und erfahren,
dass heute Vatertag in Australien
ist und dies der Grund unseres
Treffens ist. Nach diesem guten
Essen und ein paar sehr
harmonischen Stunden
verabschieden wir uns herzlich und
fahren noch einmal zum Hafen. Da
wir selbst Boot fahren, vermute
ich, dass man uns noch einmal die
Hafenluft schnuppern lassen will.
Plötzlich sind mein Mann und
unser Freund verschwunden. Oh,

das dauert, man kann sich doch
nicht so ultra lange auf einer
Toilette aufhalten! Oder?! Mein
Gesicht fängt an, sich ganz
unmerklich zur Faust zu ballen und
das von ganz allein, ich schwöre.
Da kommen die beiden und lachen
auch noch. Jetzt wo es mir
vergangen ist. Was hält er denn da
in der Hand? Ich verfolge seine
Schritte zurück und lasse ihn
rückwärts laufen. Stop, ein Schild
mit der Aufschrift „Wal-Tour."
Jetzt fange ich auch noch an zu
stottern. Fahren wir mit einem
Boot auf den Pazifik und
beobachten Wale, wirklich? Mein
Mann lächelt mir zu und zeigt mir
die Karten. Plötzlich ist er der
allerliebste Ehemann, ohne Frage.
Auch mein Gesicht spielt nicht
mehr dumm, es kann sich sogar
aufhellen und freundlich

erscheinen. Noch immer mit einem festgesetzten Lächeln im Gesicht, werden wir in Surfer Paradise aus dem Auto gekippt und stolpern zum Strand, um den Kopf abzukühlen, damit dieser wieder die Gabe hat, ein wenig denken zu können. Soviel Leere im Gehirn habe ich noch nie empfunden. Wir springen in die Fluten und tollen wie die Kinder umher. Heute Abend wollen wir grillen und die beiden bereiten bestimmt schon alles vor. Gute Idee, sie machen die Arbeit und ich bin Besuch. Eine riesige Welle reißt mich aus meinen Gedanken und klatscht über meinem Kopf zusammen. Es ist aus, meine Traumfrisur hat sich verabschiedet. Könnte man doch bloß das Vorher – Nachher-Bild umtauschen. Am Strand ziehe ich einen kleinen Spiegel aus der

Tasche. Oh Schreck lass nach, mein Antlitz erinnert mich an einen begossenen Pudel. Keiner, der mir ein Leckerli zukommen lässt oder mich auch nur eines Blickes würdigt. Ich glaube, wir sind erfrischt genug und ziehen es langsam vor, die Öffentlichkeit von meinem Anblick zu befreien. Außerdem macht sich der kleine Hunger in mir breit. Man soll nicht glauben, wieviel Platz der so einnehmen kann. Bei unseren Freunden angekommen, ist tatsächlich schon alles vorbereitet und der Tisch gedeckt. Ich könnte mich täglich mit den schönsten Früchten vollstopfen, viele von diesen kenne ich nicht mal. Hoffentlich vertrage ich so viel Gesundheit. Es ist ein traumhafter Abend und wir sind glücklich, nach so vielen Jahren mal wieder gemeinsam Zeit zu verbringen. Noch eine tiefe Umarmung, bevor wir alle erschöpft in zwei Richtungen fallen.

Ein Wal kommt selten allein

Heute gehen wir auf Wal-Tour, hoffentlich sehen wir außer mir noch einige. Das Wetter und die Sicht sind super. Wir tragen unsere gute Laune auch gern nach außen. Da schau her, unser Abholer steht auch schon bereit. Es ist ein unglaublich netter älterer Herr. Er war Pilot und sogar bei uns in Deutschland, perfekt. Wir hören ihm auf der Fahrt konzentriert und mit viel Neugier zu, denn er kann uns tolle und sehr wichtige Sachen über sich und sein Leben berichten. Wir sind dankbar, dass

er sich angeboten hat, mit uns
einiges zu unternehmen und uns
viel zu zeigen. Diesen lieben
Menschen kennengelernt zu haben,
bedeutet eine Bereicherung in
unserem Leben. Oh schade, wir
haben Main Beach und die Marina
Mirage erreicht. Es werden noch
ein paar Bilder gemacht und dann
geht es los. Wir fahren hinaus auf
den Pazifik und sehen die
traumhafte Silhouette von Surfer
Paradise. Plötzlich ertönt eine
Stimme und weist uns auf die
rechte, also die Steuerbordseite
hin. Alle strömen mit ihren
Fotoapparaten in diese Richtung,
auch wir. Immer der Herde
hinterher. Ja, wir können sie sehen,
eine Walmutter mit ihren Jungen.
Ich bin total baff, die sind ja riesig.
Vorsichtig schaue ich mich um,
muss doch prüfen, ob jemand mein

verdutztes Gesicht gesehen hat.
Mein Mann fotografiert und ich
unterhalte laut- stark ein paar
Leute, welche sich neben mich
gedrängelt haben. Mein Mann
sieht mich strafend an, jetzt
begreife auch ich, dass die Leute
mich zwar registrieren aber nicht
verstehen können. Wieder ärgere
ich mich über meine schlechten
Englischkenntnisse und nehme mir
fest vor, wenn wir in der Heimat
angekommen sind, werde ich einen
Kurs belegen und Englisch lernen.
Bin ja froh, dass wir noch Urlaub
haben, so muss ich noch kein
Englisch lernen. Einige Menschen
sitzen aschfahl im Gesicht am
Boden mit einer Schale in der
Hand und einem nassen Tuch um
den Kopf. Gut, das muss ich jetzt
nicht erklären, aber es wird einem
schon vom Hinsehen übel. Volle

Kraft voraus, Wale in Sicht, das
Boot fängt an zu schaukeln und es
macht riesig Spaß. Bei jeder
Sichtung von Walen geht wie beim
Fußball eine Laola-Welle über das
Boot. Da bin ich doch voll dabei.

Selbst als wir wieder im Hafen
ankommen , kann ich mir die
Welle nicht verkneifen. Kleiner
Unterschied, es macht keiner mehr

mit, ich bin allein. Auch mein Mann spielt nicht mehr mit, so ein Stiesel. Er erkennt sofort an meinem Gesicht meine Gedanken und legt eine alberne Welle hin, nur um mich zu ärgern. Nun wird er mir auf einem Ruck unsympathisch und muss sich viel Mühe geben, um diese Sache wieder zu bereinigen. Falsch gedacht, er gibt sich keine Mühe, sondern genießt die Stille, die von mir aus geht. Also, Taktik ändern. Ich klettere auf einen Mauervorsprung und balanciere meines Erachtens sehr graziös über die Mauer und rufe meinem Mann zu: „Schau her, ich liebe dich". Jetzt lege ich einen flotten Sprung von der Mauer hin. Zu diesem Zeitpunkt fällt in der Ferne doch tatsächlich ein Fahrrad um und mein Mann will mir auch sofort

klar machen, dass die von mir
verursachten Schwingungen jetzt
dort angekommen sind. Gleich war
es mit der guten Laune und der
von mir hingelegten Grazie vorbei.
Ich bekomme gleich
Bluthochdruck und dann kann er
mich einliefern lassen, wenn er so
weiter macht. Der Gipfel der
Gefühle ist erreicht, denn er spricht
mich mit „Tonja" an. Das kann ich
jetzt nicht mehr ignorieren und
hole abrupt aus. Da er tatsächlich
noch gute Reaktion zeigt, lege ich
eine rundum Drehung hin und
komme dann langsam zum Stehen.
Jetzt ist er mein Fan, denn solch
eine gute Pirouette hätte er nicht
von mir erwartet. Unsere Freunde
sind auch schon da und laden uns
jetzt herzlich zu einem kleinen
gemütlichen Chinaimbiss Namens
„ Lummy" ein. Wir haben ja jetzt

auch viel zu erzählen und merken nicht wie die Zeit vergeht. Anschließend entscheiden wir uns noch zu einem gemütlichen Spaziergang , um wieder in Form zu kommen. Leider stelle ich fest, dass nur meine Füße in Form kommen, falsche Schuhe. Wer schön sein will muss leiden, so ist das dann auch. Kann gar nicht glauben, dass Füße solch eine außerirdische Form annehmen können. Vor einer Stunde konnten sie noch ganz allein laufen, jetzt muss ich sie hinterher ziehen. So ändern sich die Zeiten. Ich kann auch wirklich nicht mehr von diesem Spaziergang schwärmen. Also nehme ich mir jetzt nur noch vor, mich an den Pool zu legen und meine Füße zu kühlen. So ich nehme ich dann die Form einer schlafenden Kegelrobbe ein und bewege mich an diesem Tag nur noch ruckartig mit schlürfenden Füßen vom Pool in mein geliebtes Bett. Meine Augen werden jetzt auch noch schwer und ich gleite schnell hinweg in den Tiefschlaf.

Alpaka & Co

Nur schnell zur Bedeutung, Alpakas sind niedliche Tiere und

Co sind natürlich wir. Eine Tour in
das Hinterland liegt an und ich
springe sofort in meinen
Kleiderschrank und will mir meine
Wandersachen anhosen. Der Wille
ist da, nur keine Wandersachen.
Ich ziehe mir die Wanderschuhe
meiner Freundin an und stelle fest,
dass ich damit auch im Trockenen
Kahn fahren kann. Als es an der
Tür schellt, habe ich es doch
tatsächlich in ein paar Sachen
hinein geschafft, wenn auch nicht
unbedingt schön, aber einen Preis
will ich ja heute auch nicht
erringen. Wir fahren los. Unser
Freund der Pilot, fährt mit uns die
Serpentinen hoch. So stelle ich mir
wirklich einen guten Piloten vor,
Hände an die Hosennaht und los.
Toll wie er das meistert. Ich traue
mich kaum gerade aus zu gucken
und er fährt die Kurven wie im

Traum. Ein Blick aus dem Fenster und ich sterbe schon wieder einen Heldentod. Wir fahren ja immerhin links und ich schaue die Abhänge hinunter. Damit ich nicht vor Angst in die Rückenlehne beiße, kneife ich meinen Mann. Das ist keine so tolle Idee, er findet das gar nicht gut. Wir befahren Kurven, die irgendwie mit „blind" ausgeschildert sind. Ist eigentlich auch verständlich, denn um die Ecke kann noch keiner sehen. Wir verlassen die Hauptstraße und erreichen den Ort Canungra. Hier befindet sich eine sehr schöne interessante Alpakafarm. So einen tiefen Atemzug habe ich noch nie gemacht, der tut richtig weh. Sogar die Alpakas sind für mich jetzt himmlische Wesen, seitdem wir die Bergstraße verlassen haben. Langsam tritt wieder innerliche

Ruhe ein und siehe da, mein
Mundwerk hat sich auch wieder an
gefunden. Mit dem stillen
Genießen ist es jetzt für meinen
Mann vorbei. Er zieht sich zurück
und probiert einen ledernen
Cowboyhut auf. Cool sieht er aus,
muss ich ihm aber nicht gleich
sagen. Verziehe erst mal das
Gesicht und sage: „Na ja, geht so."
Ich lasse ihn noch ein wenig
zappeln. Nun kauft er diesen Hut
auch ohne mein Wohlwollen. Hat
scheinbar nicht geholfen. Auch ich
halte jetzt Ausschau nach einem
seltsamen Gewächs, welches ich
auf meinem Kopf platzieren kann.
Für Köpfe dieser Art steht mal
wieder nichts zur Verfügung. Mein
Mann erkennt sofort meine
Gedanken und grinst mich breit an.
Bei diesem Blick erinnere ich mich
an meinen Überraschungskauf vor

dem Urlaub. Eine neue Brille musste es sein, damit ich neben meinem Mann leuchten kann. Nachdem ich sie ihm vorführte fragte ich vorsichtig an: „Und sieht sie gut aus, steht sie mir, oder habe ich mit dieser Brille ein dickes Gesicht?" Das waren 3 Fragen zu viel. Er antwortete sofort: „Nein, die Frau ist ja total entstellt mit dieser Brille." Soviel dazu, weitere Fragen an diesen Herrn überflüssig. Ich entdecke einen super Spiegel, schaue hinein und denke: „Oh, einfach schön." Natürlich habe ich an mir vorbei gesehen und auf der anderen Seite an der Wand ein tolles Bild mit Palmen und Meer entdeckt. Ich verlasse das kleine Souvenierlädchen und widme mich den Alpakas.

Es sind total niedliche Tiere. Ich
beginne gerade eins für mich zu
gewinnen, da beginnt es so
merkwürdig zu gurgeln und fängt
an das Gebiss von links nach quer
zu bewegen. Jetzt wird mir doch
etwas komisch. Ich weiß, dass
diese Tiere unheimlich gut und
zielsicher spucken können, da

kann ich bestimmt nicht mit-
halten. Ich lasse es nicht auf ein
Duell ankommen und beginne
meine Schritte langsam rückwärts
zu lenken. Da, als muß es so sein,
Gabili stolpert. Mein gesamter
Körper versetzt sich in
astronautische Schwingungen und
meine Arme gleichen Rotoren.
Kann mir richtig vorstellen, was
ich für eine enorme
Geschwindigkeit drauf habe.
Plötzlich Stillstand, Gabili steht
wieder fest auf dem Boden, ohne
eine jämmerliche Schwalbe
hingelegt zu haben. Es ist doch ein
Traum mit mir, ich habe das
Gefühl, dass mich jetzt sogar die
Alpakas bewundern. Ich bewege
mich eingebildet zum Auto und
falle voller Selbstgefallen in
dieses. Bis ich den Hut neben mir
sehe mit meinem Mann dran. Er

hat wieder dieses Grinsen, welches
ich jetzt sofort übersehen muss,
sonst fange ich wieder an mich zu
ärgern, wo ich doch gerade so stolz
auf mich bin. Ja, ich kann was
erkennen, mir weht doch
tatsächlich eine riesige Eisfahne
entgegen. Mein Herz fängt an zu
jubilieren. Wie ein junges Reh
springe ich aus dem Auto und
stürze in das kleine Häuslein. Ein
Eis bitte, aber groß muss es sein
höre ich mich förmlich rufen.
Lecker, ich bekomme ein Eis.
Super Kokos- eis. Meine Freude
hält nicht lange an. Plötzlich ein
gewaltiger Schreck. Es versucht
doch tatsächlich ein großer, blau-
roter Papagei auf meiner Schulter
zu landen. Mein Körper verfällt in
starke Zuckungen und mein Eis,
sowie der Papagei fliegen jetzt
direkt meinem Mann entgegen. Ein

strafender Blick trifft mich. Ich
versuche diesen sofort umzulenken
und erkläre meinem Mann, so
schnell hätte er noch nie ein Eis,
bestückt mit einem Papagei,
erhalten. Nun bin doch tatsächlich
ich diejenige, welche das breite
Grinsen auf den Lippen trägt. Tja,
so ändern sich die Zeiten. Da hilft
auch kein Hut. Wir befinden uns in
O'Reilly's und wollen jetzt eine
kleine Wanderung durch den
tropischen Regenwald machen. Es
beginnt doch tatsächlich zu regnen.
Nun weiß auch Gabili, warum das
tropischer Regenwald heißt.
Kapuze auf und los. Wir wandern
über mehrere Hängebrücken so ca.
20 bis 25 m hoch durch die Wipfel
der in sich verschlungenen alten
Bäume. Jede Brücke darf nur von
höchstens vier Personen betreten
werden. Eine Kilozahl wurde auch

benannt und mein Mann teilt mir
großzügig mit, dass ich gemeinsam
mit den beiden die Brücken
begehen darf. Da es sich ja nur um
drei Personen handelt, kann man
„Tonja" auch mitnehmen. Danke,
von drei Personen lachen jetzt
auch nur zwei, komisch was?! Wir
erreichen den „Mountain Garden".
Es handelt sich hier um einen
mitten im Regenwald angelegten
Garten mit den schönsten
Pflanzen, die ich je gesehen habe.
Eine Farbenvielfalt und
Formschönheit ohne gleichen. Ich
kenne nicht eine Pflanze und
wüsste auch nicht, wann ich schon
je so etwas Schönes gesehen hab.
Jetzt versuche ich mir vorzustellen,
dass es sich bei unserem Besuch ja
um einen Wintermonat handelt und
ziehe gerade Vergleiche. Schnell
holen mich die überwältigende

Natur, die seltenen Gerüche und die schönen Düfte in die Realität zurück, danke. Wir wandern langsam zurück. Die Fahrt ist diesmal nicht so spektakulär, denn wir befahren die Innenseite am Berg und nicht die am Abhang. Mein Mundwerk setzt auch sofort ein, denn ich sehe Kängurus, welche ich in diesen Höhen nicht erwartet hätte. Schnell zücke ich die Kamera und kann ein paar gute Aufnahmen erhaschen.

Ja, Gabili hat jetzt Kängurus auf
dem Handy und es fehlen nur noch
Koalabären, dann wäre es die
Perfektion pur. Ich beginne auch
gleich noch während der Fahrt
Notizen über das heute Erlebte zu
machen. Wir haben so viel zu
erzählen und ich habe Angst, dass

mir die Hälfte davon so langsam
aus dem Gehirn rieselt und sich
ohne zu fragen einfach
verflüchtigt. Wir verplanen gleich
noch einen Tag mit unserem lieben
Freund und freuen uns auf morgen.

Gabili im Paradies

Es ist soweit, der Morgen droht
wieder einmal zu nahen. Die
Sonne hat zu dieser frühen Stunde
auch schon ein breites Grinsen.
Meinen Mann anzusehen macht
mich wütend, denn auch er trägt
bereits ein Lächeln auf den Lippen
und ist sogar noch gut gelaunt.
Alle lachen, außer Gabili, die ist
unendlich müde. Langsam
schraube ich mich aus dem Bett,
aber ganz langsam. Für ein
schnelleres Schrauben fehlt mir
das Gewinde. Morgenstund hat

Gold im Mund. Wer das bloß erfunden hat? Das kann ich gar nicht nachvollziehen. Bei mir heißt das: „Morgenstund - halt den Mund." So langsam komme auch ich in Form und der Tag kann nun doch beginnen. Wir sind heute mit unserem guten Freund, dem Piloten, verabredet. Er lädt uns zu einer Hafenbesichtigung mit anschließendem Mittagessen ein. Das hört sich toll an. Essen, Trinken und Schlafen ist immer schön, das kann auch ich ganz gut. Ein vorsichtiger Blick in mein Portemonnaie lässt ein gerade aufsteigendes Lächeln erstarren. So schnell geht das, man kann also auch mit heruntergezogenen Lippen lächeln. Ich rufe meinem Mann zu: „Mein Haseputz, wir müssen noch Geld abheben." Mangels Masse können wir sonst

nirgendwo hin. Gesagt, getan.
Nach einem opulenten Frühstück,
bestehend aus Jogurt und Obst
fahren wir in Richtung
Einkaufszentrum. Dort
angekommen, stellt mich mein
Mann vor einen Geldautomaten
und erzählt mir was von „kleine
Jungs" gehen und verschwindet. Er
hätte doch sagen können, dass er
auf die Toilette muss, dann hätte
ich nicht überlegen müssen, was er
gerade meint. Aus meiner vollen,
unendlich tiefen Tasche ziehe ich
nach langem Wühlen meine Karte
und stecke sie in den
Geldautomaten. Nun warte ich
gefühlte drei Minuten auf Befehle,
nichts tut sich. Leicht wütend
entreiße ich dem Automaten die
Karte und stelle verlegen fest, dass
es meine Krankenkarte bzw.
Gesundheitskarte ist. Oh Gott, da

kann ich ja froh sein, dass er kein
Rezept ausgeworfen hat. Bloß
nichts meinem Mann erzählen. So
ist das, Gabili soll in einem
fremden Land ganz allein Geld
abheben und das kommt dabei
raus. Ich fingere wieder in meiner
riesigen Tasche herum. Mein Mann
würde jetzt sagen: „Na, findest
wohl nichts in deinem
Überseekoffer." Wie ein
Chamäleon äuge ich mit dem
rechten Auge in meine Tasche und
mit dem linken Auge behalte ich
vorbeigehende Personen im Auge.
Wenn ich jetzt weinen würde, dann
würden mir bei dieser
Augenstellung bestimmt die
Tränen am Rücken runter laufen.
Ja, da ist sie nun endlich meine
Geldkarte, das lang ersehnte
Objekt der Begierde. Jetzt ist Eile
geboten. Bevor mein Mann

wiederkommt, möchte ich doch
wenigstens ein paar Dollar gesehen
haben. Meine Eingabe ist perfekt,
denn es kommen doch tatsächlich
ein paar Dollar aus diesem
Automat. Das ist Timing, denn da
kommt auch schon mein Mann. Ich
winke ihm mit dem Geld zu, denn
die Zeit war zu knapp um es auch
noch zu verstauen. Er nimmt mich
in die Arme und fragt: „Hat denn
alles geklappt?" Ich antworte
beleidigt: „Na so eine doofe Frage,
selbstverständlich, du kennst doch
deine Frau." Die Antwort fällt
knapp aus: „Darum ja." Ein wenig
angesäuert verlasse ich, natürlich
mit meinem Mann, das Center.
Mein Blick hellt sich aber sofort
wieder auf, als ich unseren Freund
erkennen kann. Wir umärmeln uns
herzlich und schon geht es los. Der
Bestimmungsort ist heute

„Sanctuary Cove" Marina Mirage.
Dort fallen wir auch direkt aus
dem Auto und schlendern im
Hafen herum. Wir besichtigen
Boote, welche man gleich zweimal
fotografieren muss um ein
Gesamtbild davon zu bekommen.
Auf einem sehr großen, luxuriösen
Schiff steht ein gutaussehender,
braun gebrannter Mann und winkt.
Ich winke natürlich sofort zurück.
Da mein Mann die Situation mal
wieder eher erkannt hat als ich,
fragt er mich jetzt: „ Na, den
kennst du wohl?" Er grinst so
breit, dass sein Mund die gesamte
Breite des Gesichtes einnimmt.
Jetzt macht es auch bei mir klick.
Hinter mir auf dem Steg kommt
eine bildhübsche Frau mit tollen
langen Haaren und schwebt an mir
vorbei, direkt zu diesem Boot. Ja,
hm, wollte nur nett sein flüstere

ich und versuche auch so fein zu
schweben. Wenn ich schwebe,
gebe ich nicht gerade eine tolle
Figur ab, bei mir sieht das so aus
als käme ich gerade ins Rollen.
Wir stehen vor einem zauberhaften
Hotel. Genau davor tut sich ein
Wasserspiel auf, wie ich es noch
nie gesehen habe. Ich habe das
Gefühl, im Paradies zu sein.
„Gabili wach auf, wir gehen
weiter!" höre ich eine innere
Stimme sagen und setze mich auch
erstaunlicher Weise sofort in
Bewegung. Das Gesamtbild dieser
Anlage und des Hafens ist von
einem Meer aus bunten und gut
duftenden Pflanzen geprägt. Ich
kann die Schönheit nicht
beschreiben, da reichen Worte
nicht aus. So langsam machen sich
auch meine Füße wieder
bemerkbar und ich sage: „Na, seid

ihr auch wieder da, ich dachte es
gibt euch nicht mehr." Mein Mann
schaut mich entsetzt an und fragt:
„Mit wem sprichst du denn?" Ich
versuche ihm klar zu machen, dass
ich nichts gesagt habe. Es kann
ihm doch der Wind etwas
zugetragen haben. Er schüttelt den
Kopf. Wir plumpsen ins Auto und
sind froh, dass wir nicht selber
fahren müssen. Obwohl ich es gern
versucht hätte, nur um mein
Gehirn zu testen, ob es das drauf
hat, mich auf der linken Seite ohne
Fehler zu machen fahren zu lassen.
Wir befahren den Ort „Labrador"
und gehen in Charlies Fischeck
essen. Die schöne Gaststätte
befindet sich direkt am Pazifik und
wir sitzen nur wenige Meter vom
Wasser entfernt. Das interessante
daran ist, hier sind ganz viele
Pelikane, die im Laufe des Tages

regelmäßig gefüttert werden. Jetzt
gehen die beiden Männer los und
holen das Essen, toll. Ich werde
tatsächlich verwöhnt und brauche
mich nicht mal bewegen.
Aufgepasst, sie kommen wieder,
das ging ja schnell. Wir essen
Neuseeländischen Link, eine
Empfehlung unseres Freundes.
Lecker, ich muss mich zügeln und
zusammenreißen, damit ich den
tollen Fisch nicht in einem Stück
verschlinge, so gut schmeckt er.
Wir gehen noch einmal gemeinsam
in das Fischeck und ich komme
aus dem Staunen nicht heraus.
Eine riesige S- förmige Theke ziert
den Raum. Langsam gehe ich die
ganze Theke ab, so viele
verschiedene Fische, Krebse und
so weiter habe ich noch nie
gesehen. So schön und teilweise
wie aus Plastik geformt in frischen

Salatblättern liegen diese Tiere
sehr appetitlich in der Auslage.
Dem Wirt geht schon ein Lächeln
über die Lippen als er mich so
angeregt fotografieren sieht. Eine
kleine Überraschung hat unser
Freund nun doch noch im Ärmel
für uns. Wir werden ins Auto
gebeamt und in „Currumbin Creek,
übersetzt: „Bach zum offenen
Meer", heraus geschmissen. Tolle
Idee, denn nun geht es zum
Badespaß über.

Wir entledigen uns auch sofort
unserer Kleidung, springen in die
mitgetragenen Badesachen und ab
ins Wasser. Erholung pur. Meine
Füße danken es mir, sie scheinen
richtig zu zischen als sie ins
Wasser tauchen. Wie ein paar
Kinder tollen wir jetzt im Wasser.
Wenn das doch bloß unsere

Freunde sehen könnten, wie glücklich wir sind. Gerade den Kopf aus dem Wasser gestreckt sehe ich sie kommen. Meine Neugier wird geweckt, denn sie tragen einen großen Korb bei sich. Offiziell bin natürlich nicht neugierig, aber mein Körper bewegt sich wie von Geisterhand aus dem Wasser und steuert auf den Korb zu. Ich kann wirklich nichts dafür, das bin ich nicht, das ist mein Körper und der hört nicht immer auf mich. Gabili, reiß dich zusammen, sag erst mal guten Tag, bevor dein Kopf in diesem Korb verschwindet. Ich begrüße meine Freunde jetzt ganz herzlich. Ohne Aufforderung erfahre ich auch sofort, dass meine Freundin einen tollen Salat zusammen gezaubert und ein paar leckere Sachen zum Grillen mitgebracht hat. Nun

riskiere ich doch einen Blick in das
Körbchen. Mir steigt ein super
toller Geruch in die Nase und mein
Mund füllt sich sofort, aber leider
nur mit Spucke. Gemeinsam
nehmen wir ein Sonnenbad und
plaudern ganz angeregt. Durch das
viele Erzählen ist mir doch
tatsächlich der Gedanke an das
Futterkörbchen aus dem Gehirn
entschwunden. Mein Mann und ich
springen nochmals in die Fluten
und lassen es uns so richtig gut
gehen.
Von hier aus kann ich jetzt
erkennen, dass meine Freundin zu
einem freien Grillplatz wandert
und das mit dem Körbchen.
Fluchtartig verlasse ich das
Wasser, nicht das mir noch etwas
entgeht oder ich gar zu kurz
komme. An der ganzen Küste
entlang stehen sauber

ausgemauerte Grills mit
Edelstahlplatten. Strom und
Wasser sind kostenlos, damit sich
die Menschen hier wohl fühlen.
Diese Grillstätten werden viel
genutzt und auch immer sauber
gehalten. Ein tolles Land. Schon
sehe ich gut gewürztes
Hähnchenfleisch, Paprika und
viele andere Sachen auf dem Grill
brutzeln. Ein Blick auf die Uhr
zeigt mir, dass uns auch nur noch
höchstens eine Stunde bleibt,
bevor die Dunkelheit eintritt.
Gemütlich sitzen wir nun
zusammen und genießen das
leckere Fleisch und natürlich
Brutzelbrot mit Knofi, lecker.
Nachdem es uns geschmeckt hat
und wir auch noch den Geruch
vom Knofi angenommen haben,
packen wir zusammen und fahren
nach Haus. Hoffentlich kommt

morgen früh keiner und weckt uns,
denn so gut wie heute Abend wird
es morgen früh in unserem
Zimmer nicht mehr riechen. Gute
Nacht mein Haseputz.

Eins, zwei, drei Urlaub bald vorbei

Nein so etwas, mein Mann ist
schon vor mir wach. Was ist
passiert? Unser Freund und er
reden ohne Punkt und Komma, das
ist doch eigentlich mein Part. Ich
werde mich beschweren. Sie
planen doch tatsächlich den
heutigen Tag. Es hört sich sehr viel
und sehr geballt an. Ich werde
nicht einmal gefragt oder gebeten,
auch einen Vorschlag zu
unterbreiten. Ich wandere zum
Frühstückstisch und fange an,
meinen Jogurt und mein Obst nun

auch allein zu vertilgen. Zum
Erzählen brauchen sie mich ja
auch nicht. Ein gelangweilter Blick
fällt auf einen sehr schönen
Kalender und mich trifft doch ganz
plötzlich der Schlag. Unser Urlaub
geht auf das Ende zu. Noch
zweimal schlafen und es geht
zurück in die Heimat.
Ausgerechnet jetzt, wo ich mich an
Urlaub gewöhnt habe. Ich liebe
Urlaub und muss mich doch schon
fast wieder von dieser Liebe
trennen. Mein bis eben noch
fröhlicher Gesichtsausdruck
scheint abzustürzen. Prompt fragt
mich auch gleich mein Mann: „Na,
spielst wohl mal wieder
Einzelschicksal?" Was soll ich
sagen, mein Ausdruck scheint
nicht nur abzustürzen, er stürzt ab.
Nun fange ich auch noch an, mir
leid zu tun. Das hat er ja wieder

toll hingekriegt. Es hupt vor der Tür und wir werden abgeholt. Das kommt mir gerade recht, dann muss ich mich nicht weiter mit ihm befassen oder vielleicht auch noch unterhalten. Ich füge mich meiner Rolle und spiele jetzt wirklich Einzelschicksal. In ansteigender Melancholie sitze ich im Auto und scheine von einer gläsernen Wand umgeben zu sein. Ist nicht gerade toll, denn ich kann ja jetzt nicht anfangen, auch noch Selbstgespräche zu führen, oder? Wenn ich das richtig mitbekommen habe, ist unser heutiges Ziel der Nationalpark

Springbrook.

Am „Best of all lookout"
angekommen springe ich sofort
und erleichtert aus dem Auto. Jetzt
habe ich auch mein Mundwerk
wieder gefunden und scheinbar
auch ganz gut im Griff. Die Fahrt
war toll, denn wir sind durch den
subtropischen Regenwald
gefahren, es war dunkel und
feucht. Er nennt sich „sub tropical
rainforest", mit Recht, denn es ist
eine tolle Erfahrung. Mein Mann
umarmt mich und wir wandern

Hand in Hand und genießen die traumhafte Aussicht. Wieder nehme ich die seltenen Geräuschkulissen auf und wünsche mir, diese mit in meine Heimat nehmen zu können, denn wir müssen dann Jahre davon zehren. Da wir nur noch ein paar Tage bleiben, geht es auch schon gleich weiter zum „canyon lookout". Australien ist ein Traum, die Menschen, die Landschaft sowie die Tierwelt. Wieder sehen wir Kängurus und machen viele Fotos, denn zurück in der Heimat werden wir diese interessanten Tiere nicht mehr sehen. Ein glücklicher Umstand nach dem anderen, denn auf der Fahrt sehen wir ein Häuschen, welches unsere Aufmerksamkeit und Neugier weckt. Wir halten an und direkt neben uns hängt eine kleine

Schaukel am Baum und jetzt
kommt es, auf dieser sitzen
Papageien, groß und schön bunt.
Sie haben keine Angst, wir
betrachten sie und wundern uns,
denn sie sitzen hier in freier Natur
und nicht in einem Käfig. Ich
komme mal wieder nicht aus dem
Wundern heraus. Dann wandeln
wir auf das Haus zu. Es sieht aus
wie ein großes Baumhaus in einer
verträumten Landschaft. Wir
steigen die Treppen hinauf und
bleiben auf einer um das Haus
herum gebauten Terrasse sitzen.
Tatsächlich haben wir ein tolles
Kaffeehaus gefunden und lassen
uns auch gleich mit einem leckeren
selbst gebackenen Kuchen und
einer großen Tasse Kaffee
verwöhnen. Wir fangen gerade an,
den Tag Revue passieren zu lassen,
da sagt unser Freund: „Das war

noch nicht alles, wir müssen die
Zeit nutzen und fahren heute noch
weiter nach Byron Bay, dies ist der
östlichste Punkt Australiens." Bin
jetzt schon fußlahm, aber die Tage
schwinden und wir wollen noch
viel mitnehmen. Also genießen wir
unseren Kaffee und ruhen uns
noch einen kleinen Moment aus.
Ich muss erst einmal meine Akkus
aufladen, bevor ich die weitere
Etappe angehen und auch genießen
kann. Am liebsten würde ich hier
bleiben und mich weiterhin von
dem Gezwitscher der Vögel
berieseln lassen. Hau Ruck, wir
ziehen weiter, denn der Tag muss
effektiv ausgenutzt werden und der
Weg zum Ziel ist eben auch nicht
der Kürzeste. Aber ich bin wieder
fit, schwinge mich in das Auto und
lasse mich chauffieren. Diesen
Zustand muss ich genießen, denn

so schnell wird mir das zu Hause
nicht mehr passieren. Obwohl mir
das sehr gut steht, wie ich
feststelle. Ich sehe einen
wunderschönen Leuchtturm auf
einem sehr schönen, felsigen
Aussichtspunkt und falle auch
gleich aus dem Auto. Aussicht pur.
Von hier oben können wir sogar
Wale beobachten. Plötzlich fange
ich an zu stottern, denn ich glaube
fest, Delphine gesehen zu haben.
Gleich ziehe ich meinen Mann zu
mir heran und frage ihn gespannt,
ob er das auch sieht was ich sehe.
Er fragt: „Was siehst du denn
aufregendes?" Oh man, guck doch
mal da unten in das Wasser. Ich
beobachte ihn und stelle erfreut
fest, dass auch ihm die Augen aus
dem Gesicht quellen und schon
teilt er mir glücklich mit, Delphine
gesehen zu haben. Da bin ich aber

froh, ich habe schon an mir
gezweifelt. Unser Freund setzt
natürlich noch einen drauf und
ruft: „Schaut mal, da schwimmt
ein Rochen." Ja, leider kann ich so
gut nun auch wieder nicht gucken
und erkenne leider keinen. Ich
stehe wie angewurzelt und tue
mich sehr schwer, diesen Ort zu
verlassen und weiter zu gehen.
Meine Lieben machen mir jetzt die
Rückfahrt sehr schmackhaft, denn
nun wird nur noch vom Essen
erzählt. Da bin ich natürlich auch
sofort dabei, sogar ohne
Aufforderung. In einer kleinen
Westernstadt halten wir und
suchen uns ein kleines gemütliches
Fischlokal. So lange wir hier sind,
möchten wir noch so viel Fisch
wie möglich essen. Das sind so
Sachen, die zu Hause dann wieder
komplett entfallen, warum auch

immer. Es ist super lecker.
Anschließend taumeln wir
glückselig noch ein wenig am
Strand entlang und bewundern ein
paar Straßenmusikanten. Auf der
Rücktour fahren wir durch ein
anderes Bundesland, es heißt
„South wales". Zu Hause
angekommen, ich traue es gar
nicht auszusprechen; wir grillen.
Essen ist doch etwas sehr Schönes,
oder? So könnte es immer weiter
gehen. Wir nehmen uns vor,
morgen einen letzten Girlietag zu
machen, nur meine Freundin und
ich. Da wir uns so schnell nicht
wieder sehen werden, freue ich
mich wahnsinnig auf morgen. Ich
schwimme noch einmal durch die
Wanne und falle wie ein riesiger,
fetter Kegel ins Bett. Ein Kegel
kann sich noch kugeln, bei mir

geht nichts mehr, es hat sich
ausgekugelt.

Girlietag

Nach dem Frühstück erhalte ich
eine Gesichtsmassage und werde
anschließend geschminkt. Nach
den Renovierungs- und
Stuckarbeiten schaue ich in den
Spiegel und bin total verblüfft.
Super sehe ich aus, wie hat sie das
nur hin bekommen? Sie ist in der
Lage, aus einer Krähe einen
Singvogel zu machen. Ich stürze in
das Wohnzimmer um mich
meinem Mann stolz zu
präsentieren. Auch von ihm erhalte
ich ein schönes Kompliment.
Danke! Nun kann es los gehen,
denn ich fühle mich sehr wohl und
bin überzeugt, keinen mit meiner

Anwesenheit zu erschrecken. Dann
höre ich noch beim Verlassen des
Raumes wie unser Freund zu
meinem Mann sagt: „ Meine Frau
ist wirklich ein Engel." Darauf
mein Mann: „Na du hast es gut,
meine lebt noch." Das habe ich
jetzt gehört und stürze zurück in
den mit einem sehr netten und
einem gerade unsympathisch
gewordenen Mann besetzten
Raum. Mein Mann: „Schatz du bist
ja noch da?" „ Ja, ich lebe noch
und werde in meinem Leben auch
kein Engel!" Da grinst er mich an
und versuchte mir den Gag in
seinen Worten zu erklären, sehr
witzig. Nun verlasse ich endgültig
diesen Raum und nehme mir vor,
mich jetzt ganz doll zu belohnen
und mir nur Gutes zu tun. Meine
Freundin drückt mir eine Tasche in
die Hand und ich habe den Wink

mit dem Zaunpfahl auch sofort
verstanden, denn die Tasche hat
ein gigantisches
Fassungsvermögen. Ich bin schon
ganz aufgeregt und lasse mich jetzt
von ihr entführen. Heute werden
wir alle von uns Frauen geliebten
Facetten des Shoppens ins Auge
fassen. Wir haben den ganzen Tag
Zeit für uns allein und müssen uns
nicht über dumme Sprüche von
unseren Männern ärgern. Im
Einkaufstempel angekommen,
stürzen wir auch gleich in den
ersten Schuhladen. Schon beim
Betrachten der tollen Schuhe
verliere ich meine alten Gurken
fast ganz von allein. Ein Paar
Schuhe fallen mir auch sofort ins
Auge. Schnell schlüpfe ich hinein.
Passen, nur an den Zehen drückt es
und das nicht wenig. Mit
schmerzenden Füßen schwebe ich

durch den Einkaufsbereich, was
mit einem schweren Rumtrampeln
endet. Alle Schuhe, welche mir
gefallen, haben sie immer nur in
der falschen Größe, das ist schon
mal sehr komisch. Diese Erfahrung
könnte mich glatt depressiv
machen. Ich glaube, ich brauche
jetzt einen Kaffee, um mich ein
wenig zu entspannen und meinen
inneren Ärger weg zu spülen. Wir
schleifen uns in ein kleines
gemütliches Café und plumps,
falle ich auf den ersten
herumstehenden Stuhl. Schon
kommt die Kellnerin und ich
bestelle eine große Tasse Kaffee.
Und das auf Englisch, ich bin stolz
auf mich. Wir beobachten jetzt die
Leute, welche hier gemütlich
spazieren gehen. Keiner trampelt
so rum wie ich. Mein Mann sagt
immer: „Meine Schweine erkenne

ich am Gang." Der Gedanke wirft
mich doch glatt wieder um Welten
zurück. Dann stelle ich fest, dass
hier gar keine Hektik zu erkennen
ist. Bei uns ist das Leben
vergleichsweise sehr hektisch,
dagegen kommt es mir hier sehr
ruhig und ausgeglichen vor. Wie
kommt das nur? Natürlich sehen
wir uns auch nach Männern um,
darum sind wir ja Frauen
geworden. Als wir die Tasse
Kaffee ausgetrunken haben ziehen
wir Bilanz und stellen fest, dass
unsere Männer doch die Besten
und Schönsten sind. Da sind sie ja
mal wieder super weg gekommen.
Hoffentlich haben sie das auch
verdient und denken das Gleiche
von uns. Wir zahlen und
schlendern weiter zu einem
Geschäft, gefüllt nur mit Taschen.
Was für ein Paradies. Ich

verdränge gerade den Gedanken,
dass ich mir ja hier auf dem
Flohmarkt erst eine Tasche gekauft
habe. Na ja, man kann ja mal
gucken, oder? Eine Tasche nach
der anderen hänge ich mir um.
Sogleich kommt mir der Gedanke,
dass die auserwählte Tasche zu
meinen Schuhen passen muss.
Schon habe ich die Qual der Wahl
und gehe gedanklich meine Schuhe
durch. Verdammt, nichts passt zu
dieser schönen Tasche, welche ich
mir gerade unter vielen auserkoren
habe. Weder Schuhe noch eine
Tasche haben so richtig gepasst.
Was ist doch die Welt manchmal
grausam. Fluchtartig verlasse ich
das Geschäft, meine Freundin
schafft es kaum, mir zu folgen.
Automatisch wird mein Blick auf
ein paar Kleidungsstücke auf der
anderen Seite gelenkt. Ich kann

nichts dafür, das kommt von ganz
allein. Schon betreten wir das
nächste Geschäft. Mir gefallen die
schönen Farben, es ist Frühling
und Sommer gleichzeitig. Auch die
herrlichen Dekorationen sind auf
Sonnenschein abgestimmt. Ich
fühle mich sehr wohl. Schon
schlüpfe ich in die ersten Hosen
und Shirts, in all diesen
farbenfrohen Sachen sieht man
einfach gut aus. Es wird nicht
langweilig. Nun lasse ich mir eine
große Tüte geben und kaufe doch
ein paar schöne Sachen. Nachdem
wir das Geschäft glücklich
verlassen, höre ich hinter mir eine
mir bekannte Stimme sagen: „Gott
schütze mich vor plötzlichem
Reichtum." Verdutzt drehe ich
mich um und sehe meinen Mann
mit einem breiten Grinsen im
Gesicht an. Ich frage: „Was soll

denn das heißen?" Da sagt er:
„Dann würdest du bestimmt Säcke
durch die Gegend tragen und wenn
ich Pech habe, muss ich dir dann
auch noch helfen." Dieser Mann,
kann mir mal wieder ganz schnell
alles verderben. Nun werden wir
zu einem gepflegten Essen in
einem indischen Restaurant
eingeladen. Ich habe nicht mal Zeit
ihm böse zu sein. Eine tolle Idee,
super Sachen, super Essen und
zwei super Männer. Die Welt ist
wieder in Ordnung. Nach dem
Essen schmieden wir einen letzten
Plan, denn morgen geht es zurück
in die Heimat. Ich habe ein
weinendes Auge und ein lachendes
Auge. Meine lieben Freunde
werden mir unendlich fehlen. Auch
dieses schöne sonnige Land mit
den offenen, freundlichen
Menschen habe ich sehr lieb

gewonnen. Hoffentlich ist es uns vergönnt dieses Land noch einmal zu besuchen.Ich wünsche es mir sehr! Wir ziehen es jetzt vor, nach Hause zu fahren, denn wir müssen unsere Sachen wieder packen und wollen den Abend noch gemütlich ausklingen lassen. Es ist spät geworden und ich versuche krampfhaft einzuschlafen. Bin so aufgeregt und muss an den langen Flug denken. Es macht mich traurig, dass vermutlich einige Jahre vergehen, bis wir uns wiedersehen. Dann rafft es mich doch dahin.

Auf Wiedersehen Australien, guten Tag Heimat

Lautes Geschirr klappern und herrlicher Kaffeeduft wecken uns. Wir haben wohl doch ein wenig

geschlafen. Nun finden wir uns
alle vier ein letztes Mal zu einem
gemeinsamen Frühstück ein. Wir
genießen dieses Frühstück und die
Nähe unserer Lieben. Sie haben
extra Urlaub genommen, um mit
uns noch einmal gemeinsam zu
frühstücken und uns zum Zug zu
begleiten. Unser Gepäck ist auch
im Wachstum, aus kleinen Taschen
sind jetzt Koffer geworden.
Langsam tragen wir diese zum
Auto und packen alles zurecht. Wir
werden zum Bahnhof nach Robina
gefahren. Ein letztes Mal auf der
linken Seite, cool. Sie begleiten
uns zum Zug und jetzt umarmen
wir uns innig. Am liebsten würde
ich nie wieder los lassen. Wir
springen in den Zug und schon
fährt er los. Ein letztes Winken und
viele Tränen beenden jetzt abrupt
unseren Urlaub. Wir sind auf uns

gestellt und schauen sehnsüchtig
aus dem Fenster und saugen jeden
Quadratmeter mit den Augen auf.
In Brisbane angekommen, steigen
wir auf der falschen Station aus.
Was nun, ich werde wieder in
meine Kindheit zurück geworfen,
kralle mich an meinem Mann fest
und lasse mich führen. Wir suchen
einen Bus und kommen damit
doch tatsächlich auf dem
Flughafen in Brisbane an. Habe es
nicht anders erwartet, er hat uns
mal wieder (wie immer) ans Ziel
gebracht. Wir warten noch eine
Weile auf dem Flughafen, bis
unser Flug aufgerufen wird. Es
geht los. Alle setzen sich in
Bewegung und wir werden
förmlich ins Flugzeug geschoben.
Gabili hat einen Fensterplatz
ergattert, super. Anstandshalber
frage ich meinen Mann, ob er am

Fenster sitzen möchte, in der
Hoffnung, dass er nein sagt. Ah,
Glück gehabt, er verzichtet
großzügig. Nach einer gefühlten
halben Stunde setzen wir uns in
Gang und werden herzlich begrüßt.
Jetzt fliegen wir ganz entspannt
nach Melbourne. Kaum haben wir
uns an das Fliegen gewöhnt und es
uns gemütlich gemacht, setzen wir
schon wieder zur Landung an.
Melbourne erreicht, das ging ja
schnell. Nur ca. zwei Stunden
haben wir gebraucht. Nach einer
Stunde Wartezeit geht es nun
weiter. Neues Flugzeug, neues
Glück. Das Flugzeug dreht eine
größere Runde, plötzlich bleibt es
stehen. Was nun? Wir wundern
uns. Gebannt schauen wir aus dem
Fenster und können beobachten,
wie das gesamte Gepäck aus dem
Flugzeug geräumt wird. Was ist

passiert? Dann können wir noch
einen Krankenwagen erkennen, es
wird jemand in den Krankenwagen
geschoben und ab geht's.
Hoffentlich ist nichts Schlimmes
passiert. Das Flugzeug wird wieder
beladen. Wir fliegen jetzt nach
Abu Dhabi. Es ist 18.55 Uhr und
wir heben ab, es drückt uns in die
Lehne. Ich versuche Bilder zu
machen, um lange von diesen
zehren zu können. Langsam kehrt
innere Ruhe ein. Wenn die Ansage
kommt „bitte anschnallen" und das
Flugzeug rackelt sehr, dann schaue
ich mich immer um, ob die
anderen Passagiere entspannt sind
oder vor Angst in die Lehne
beißen. Alles okay, Gabili kann
sich beruhigt zurück lehnen. Ich
stelle mir den Fernseher an,
kuschle mich an meinen Mann und
schlafe sofort ein. Hab vermutlich

doch ein bisschen Schlaf nach zu holen. 21.30 Uhr, Ankunft in Melbourne. Jetzt haben wir Verspätung und fliegen 0.15 Uhr ab und erreichen Abu Dhabi 13.45 Uhr australische Zeit. (Ortszeit 7.47 Uhr, 30°) An Wärme fehlt es hier nicht.

Abflug von Abu Dhabi 13.45 Uhr australischer Zeit, Ortszeit Abu Dhabi 9.10 Uhr und nach deutscher Zeit 7.10 Uhr. Interessant, oder?

Mit 45 Minuten Verspätung geht es dann weiter in Richtung Berlin Tegel. Die längste Zeit haben wir überstanden, den Rest des Fluges verbringen wir mit schlafen, spielen und viel essen, das können wir besonders gut. Endlich kommen wir in Berlin an. Es ist

13.45 Uhr deutsche Zeit. (23.45 Uhr australische Zeit). Juchu, zurück in der Heimat. Es ist sehr kalt hier, das ist meine erste Feststellung. Wir verlassen das Flugzeug und sind relativ fertig, trotz schlafen und relaxen. Diese Reise ist wirklich sehr anstrengend. Nun warten wir auf unsere ausgebeulten und verformten Koffer. Am Ausgang des Flughafens steht ein Mann und hält einen sehr großen Umschlag aus Pappe hoch in die Luft, auf diesem sind zwei Personen abgebildet. Er ruft: „Wer diese Personen kennt, bitte melden." Mich trifft glatt der Schlag, das sind ja wir auf den Bildern. Jetzt sehe ich auch den Träger des Schildes, es ist unser schweizer Freund und er holt uns vom Bahnhof ab. Ich bin total gerührt

und falle ihm um den Hals. Das
Wetter auf dieser Seite der
Erdkugel ist weniger schön, denn
es bläst uns auch gleich ein böiger
Wind entgegen. Da waren wir
wirklich Besseres gewohnt.

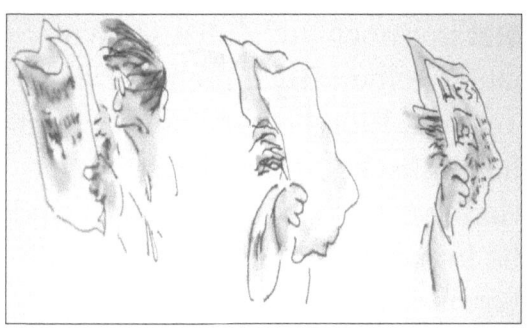

Jetzt sind wir sehr froh, dass er uns
abholt, denn direkt vor der Tür
erwartet uns auch schon die erste
Baustelle. Gott sei Dank brauchen
wir jetzt nicht überlegen, denn nun
haben wir einen ortskundigen
Stadtführer. Schon landen wir im

Café „Zauberhaft" und können
unseren Urlaub das erste Mal
Revue passieren lassen. Er hat uns
auch gleich die richtige
Zugverbindung mitgebracht und
platziert uns nach dem Kaffee im
richtigen Zug und wir freuen uns
jetzt nur noch auf Zuhause. Wir
haben keinen Blick mehr für die
Umwelt. Plötzlich ertönt neben uns
die englische Sprache. Ein junger
Mann spricht perfekt Englisch und
die Frau neben ihm erklärt, sie
wohnt in Australien und ist das
erste Mal in Deutschland. Ich
werde ganz blass und versuche,
mit meinem mickrigen Englisch
mitzureden, denn auch ich kann ihr
jetzt erzählen, dass wir soeben aus
Australien kommen. Wir haben
viel Spaß und sind somit auch sehr
schnell in Halberstadt gelandet.
Nun rutscht doch tatsächlich das

Wort „schade" über meine Lippen.
Es klappt alles super. Die Mutti
meines Mannes holt uns ab und
schon werden wir zu Hause
abgeladen. Wir schlürfen die
Treppe hoch, unter dem Arm den
großen Umschlag von unserem
Schweizer Freund. Also ein high
light haben wir noch. Wir
schließen die Tür auf und taumeln
in die Küche. Schnell wird uns
klar, dass heute nur noch eine
Katzenwäsche erfolgt und ein
lascher Sprung in unser
Bububettchen möglich ist. Wir
öffnen noch schnell den Umschlag.
Heraus fallen Nudeln, Tee, Brühe
und Kekse. Also ein Lunchpaket,
damit wir auf keinem Fall
verhungern. Wir lachen herzhaft
und sind einfach gerührt über so
viel Liebe, die man uns entgegen

bringt. Gesagt, getan, wir fallen ins Bett und träumen.

Einen ganz herzlichen Dank an all unsere Freunde und an meine lieben Leser, bleibt bitte dran, ich würde mich freuen.

Denkt bitte daran:

ÜBERLEBEN = Leben hoch ^{2} x Humor zum Quadrat

Übrigens, darf ich vorstellen,
Gabili mal ganz anders:

Wirbel der Gefühle

Ich dreh mich nicht um, es
zerbricht mir das Herz.
Du rufst meinen Namen und ich
verspüre nur Schmerz.

Gib mich bitte frei, ich brauch jetzt
viel Zeit.
Mein Kummer zerfrisst mich und
schenkt mir nur Leid.
Bunte Farben verwehen, es zieht
sich ein Band

wie ein grauer Schleier über das
sanfte Land.

Ich dreh mich nicht um, es
zerbricht mir das Herz.
Du rufst meinen Namen und ich
verspüre nur Schmerz.

Je weiter ich geh, bin den Tränen
so nah.
Verschließe meine Augen und
schon bist du da.
Dein Bild will nicht weichen, ich
weiß nicht warum,
du drehst meine Gefühle gleich
wieder herum.

Ich dreh mich nicht um, es
zerbricht mir das Herz.
Du rufst meinen Namen und ich
verspüre nur Schmerz.

Die Erinnerung trägt meine Seele
zu dir.
Sie sagt, du bist ein Teil von mir.
Und plötzlich trägt alles ein buntes
Kleid.
Du bist mein Leben, meine
Glückseligkeit.

Ich dreh mich jetzt um, vorbei ist
der Schmerz.
Du rufst meinen Namen, ganz
warm wird mein Herz .

Autor: Gabi Schnee

Zeichner: Veit Wittig

ÜBERLEBEN = Leben hoch ^{2} x Humor zum Quadrat

Deshalb lest doch auch noch meine anderen Büchlein aus der Einfallspinsel-Reihe:

1. Schitze-Watz äh Witze-Schatz

ISBN-10: 3732230503

Books on Demand

2. Einfallspinsel auf Achse

ISBN-10: 3739245824

Books on Demand

Herstellung und Verlag:
BoD - Books on Demand, Norderstedt
ISBN 978-3-7448-1446-1